별빛 향기

김유신 지음

별빛 향기

목 차

진달래

진분홍 치마폭, 그대 산에 뿌리니
겨우내 묵은 시름 저절로 잊히더라
앙상한 가지 끝에 맺힌 눈물 자국
어느새 꽃잎으로 활짝 피어 웃으니

봄바람 살랑, 그대 향기 실어
고향집 앞마당 그리움 전하네
어머니의 주름진 손, 따스한 손길
꽃술 엮어 머리에 꽂아주던 그 시절

마른 가지에 매달린 꿈
한 송이, 두 송이, 온 산 가득
말 못 할 사연들, 붉게 타오르네
새벽이슬 머금고 조심스레 피어나

그대 이름 진달래, 가난한 이의 벗
배고픈 시절, 입에 담아 허기 달래고

아름다움에 취해 시름 잊게 하니
이 어찌 고마운 벗이 아니랴

꽃 지는 날, 흩날리는 꽃잎마저
그대 흔적은 바람 따라 떠돌며
다시 올 봄날을 기약하네
그대, 진달래, 영원한 그리움이여

길 바람

보이지 않는 손길로
세상을 어루만지는 너, 바람
어디서 불어와
어디로 흘러가는지
그 시작도 끝도 알 수 없네

너는 때론 부드러운 속삭임 되어
나뭇가지 끝에 살랑이는 연인이 되고
풀잎 사이를 거닐며
숨결처럼 다정한 노래를 부르네

때로는 세차게 휘몰아치는
거친 숨결이 되어
푸른 파도를 일으키고
잠든 도시를 흔들어 깨우네
너의 발걸음 따라
세상의 모든 먼지들이

춤추듯 일렁이고
낡은 깃발들은
새로운 희망의 방향을 가리키네

너는 향기를 실어 나르는 우체부
꽃들의 달콤한 향기를 멀리 전하고
비 냄새, 흙냄새를 흩뿌려
세상의 소식을 알리네
잡을 수 없는 너의 실체
그러나 너의 존재는
세상 모든 곳에 스며들어
생명을 불어넣고 변화를 일으키네

그저 머무르지 않고
끊임없이 나아가는 너
길 위에서 늘 새로운 길을 만드는 너
바람, 너의 길은
세상의 모든 길이 되네

포도송이

햇살 잘 드는 언덕,
그리운 얼굴들 모여
푸른 바람 속에서 춤추네
하나둘 피어난 작은 꽃들,
긴 기다림 끝에
초록빛 꿈을 꾸었지

알알이 맺힌 시간의 무게,
투명한 이슬방울을 머금고
밤하늘 별을 담아 반짝이는
너의 둥근 어깨에 기댄
나의 작은 위로가
포근한 그늘을 만들어

초록 잎사귀 그늘 아래
숨 쉬는 작은 우주들,
서로의 온기를 나누며 익어가네

달콤한 냄새가 바람 타고 흘러,
모두의 마음을 흔들고
새소리가 흥겹게 노랫소리를 전하네

저물녘 붉은 노을이
송이송이 물들 때,
그대의 손을 잡고 걷던 길
수많은 사연들이 얽혀
새로운 이야기를 만들고,
아름다운 기억들이 주렁주렁 열리네

세월의 강을 건너온
오랜 친구의 얼굴처럼
포도송이 속 깊은 맛을 낸다
사랑으로 빚어낸 한 방울,
그 짙은 향기로
삶의 축복을 노래한다

가을의 초상

높고 푸른 하늘, 그 끝없는 캔버스에
뭉게구름 한 조각이 하얗게 번져간다
따스한 햇살이 내려앉은 오후,
바람은 더 이상 뜨겁지 않고
부드러운 손길로 볼을 스치운다

길가에 선 코스모스가 가을바람에 흔들리고
황금빛으로 물든 들판은 넉넉한 마음을 보여준다
오랜 시간 고독을 견뎌온 나무들이
하나둘 붉은빛 옷으로 갈아입기 시작한다
이내 온 산을 감싸안는 붉은 단풍의 물결
소슬바람에 흩날리는 낙엽은
지난 계절의 추억을 이야기하듯
사르락, 사르락, 발걸음 아래 속삭인다

그 소리에 귀 기울여 가만히 걸으니
어느새 마음 한구석이 고요해진다

밤이 되면, 차가운 공기 속
밤하늘의 별들이 더욱 빛을 내고
외투 깃을 여미며 올려다본 달은
덩그러니 홀로 빛을 낸다

그렇게 가을은 소리 없이 찾아와
세상 모든 것을 잔잔하게 물들인다

촉촉이 젖어 드는 가을비

한낮의 쨍한 햇살은
그리움으로 접어두고
회색빛 하늘이 창밖을 덮으면
이제 막 도착한 가을비가
낡은 창문을 두드립니다

먼 길을 돌아온 발걸음처럼
조심스럽게, 그러나 멈추지 않고
투명한 물방울들이 쪼르르
유리창 위로 흘러내립니다
도시의 묵은 먼지를 씻어내고
바싹 말랐던 가로수 잎사귀에
생기를 불어넣습니다

아스팔트 위엔
빗물 머금은 짙은 그림자들이
일렁이는 강물을 이루고

저마다의 우산 아래
총총 걷는 사람들의 발소리가
왠지 모르게 따뜻하게 들립니다

코끝을 스치는 흙 내음,
젖은 풀잎의 싱그러운 내음이
추억의 한 조각을 불러오면
나는 잊고 지냈던 지난 계절의
아름다운 페이지를 펼쳐봅니다

찻잔에 담긴 온기처럼
마음속 깊은 곳까지 스며드는
가을비는 그렇게
고요한 위로와 사색의 시간을
나지막이 선물합니다

차가워지는 바람 속에
고독을 즐길 줄 아는
가을의 문이 열리고
떨어지는 빗방울 수만큼

내 안의 풍경은 더욱 깊어집니다

가을비가 내리는 오후,
나는 조용히 젖어 드는 세상과
나 자신을 함께 바라봅니다
모든 것이 투명해지고
삶의 본연의 색을 되찾는 시간
가을비는 그렇게 내 마음의
고요한 쉼표가 되어줍니다

텅 빈 마음

어둡고 차가운 방에 홀로 앉아 있다
고요한 침묵이 나를 감싸고
창밖에는 빗방울만 하염없이 내린다

내 안의 공허는 끝없이 깊어지고
아무것도 담을 수 없는 텅 빈 마음
메아리치는 울림조차 없는 공간에
나는 길 잃은 유령처럼 서성인다

수많은 기억들이 바람처럼 스쳐 가도
어느 것 하나 잡을 수 없네
즐거웠던 순간, 아팠던 시간들
모두 흑백 사진처럼 희미해져 가네

사랑했던 이의 따뜻한 눈빛도
미워했던 이의 날카로운 말도
이제는 아무런 감정도 불러일으키지 못하고

그저 먼지 쌓인 낡은 책장처럼 덩그러니 남았다

나는 왜 이곳에 있는가
무엇을 위해 살아가고 있는가
이 텅 빈 마음을 채울 수 있는 것은
과연 존재하기나 하는가

어쩌면 나는 처음부터 텅 빈 존재였는지도 모른다
아니, 어쩌면 모든 것을 다 쏟아내고
이제는 아무것도 남지 않은 건지도 모른다
어느 쪽이든 상관없다
결국 이 공허는 나의 일부가 되었으니

나는 텅 빈 마음을 품고
오늘도 이 차가운 방에 앉아 있다
아무것도 바라지 않고, 아무것도 기대하지 않고
그저 이대로 흘러가는 시간을 느낄 뿐이다

빗방울은 계속해서 창문을 두드리고
나의 텅 빈 마음은 그 소리를 듣고 있다

아마도 이 소리만이
이 공허를 채울 수 있는 유일한 소리일지도 모르겠다

흐린 기억 속으로

빛바랜 사진처럼
얼굴을 잃어버린 풍경들
먼지 쌓인 골목길
사라진 발소리만 맴도네

그리움의 무게가 무거워
숨 막히는 가슴
어디선가 들려오는 멜로디
아련한 추억을 흔들어 깨우네

시간의 강을 거슬러
되감아 본 필름 속
웃음 가득한 그 시절
눈물 한 방울에 번져
흐릿해져 가는 얼굴

창가에 부는 바람에
흩날리는 벚꽃잎처럼
아름다웠던 그 순간들
손 틈 사이로 흘러내려
잡으려 할수록 멀어지네

이제는 희미해진
너의 눈빛, 너의 미소
흐린 기억 속에서
나 홀로 너를 불러보네

아직도 선명한
그때의 향기, 그때의 온도
가슴 한켠에 박힌 채
사라지지 않는 그리움
흐린 기억 속에서
영원히 잠들어 있네

부모의 마음

24

어둠이 내리면
작은 별 하나
내 품에 안겨 반짝이네

세상이 차가워
가시 돋친 말들이
너의 여린 마음에 상처 줄까
두려워 마음 졸이네

아픈 곳 없는지
넘어질까 붙잡아주고 싶은데
너는 이미
세상 속으로 걸어가고 있네

뒤돌아보면
환하게 웃는 너의 얼굴
그 안에 내가 있고

그 안에 세상이 있네

사랑하는 나의 아가,
너의 길은
언제나 내가 지켜보고 있단다
넘어지면 쉬어가도 괜찮아

언제나 네 편
따스한 집으로
돌아올 수 있단다

그리움이 흘러가는 시간

너라는 밤이 사라지고,
나에게 아침이 왔어
눈을 뜨면 가장 먼저 찾던
너의 온기는 이제 없는데
왜 이렇게 익숙한 걸까

함께 걷던 길의 가로수는
여전히 같은 자리에 서서
바람에 잎들을 흔들고,
밤늦도록 불을 밝히던
그 골목의 창문은 여전해

너와 함께한 모든 풍경이
멈춰 선 시간처럼 그대로인데
나만 다른 시간에
홀로 남겨진 듯해
너의 빈자리가 너무 커서

발걸음마다 텅 빈 공간이
자꾸만 나를 비틀거리게 해

가끔은 너의 목소리가 들리는 듯해
아니, 사실은 내가 듣고 싶은 거겠지
아무렇지 않은 척,
괜찮은 척 웃어 보지만
눈 감으면 너의 얼굴이 선명하게 떠올라
잊으려 할수록 더 깊이 새겨지는
낡은 상처처럼

너와의 추억을 담은 상자를
이제는 열지 않으려고 해
너무 많은 그리움이 쏟아질까 봐
하지만 문득,
어떤 날엔 견딜 수 없이 외로워
그 상자를 열어보곤 해

아직도 내 안에는
너의 흔적이 너무 많이 남아 있어

함께 듣던 노래,
읽다 만 책의 모서리,
어깨를 기대어 잠들던 그 시간들
모든 것이 아득한 꿈처럼 느껴져
그리움은 멈추지 않고 흘러가

강물처럼 조용히,
그리고 깊숙이
네가 없는 세상에서
나는 너를 그리워하는 법을
배우고 있는지도 모르겠어
이제는 알아
너를 보내는 일이
나를 놓아주는 일이라는 것을

아픔을 마주하고
그리움을 견뎌내는 시간들이
어쩌면 나를 단단하게 만들어 줄 거야
비로소 너를 보내고
온전한 나를 만날 수 있을 때까지

나의 그리움이 흘러가는 시간 속에서
언젠가 너의 기억이
더 이상 아픔이 아닌
아름다운 별빛으로 남기를 바라며,
나는 오늘도
한 발짝씩 걸어가고 있어

연못가의 시인

초록빛 풀잎 위 작은 왕좌에 앉아,
그대의 눈은 맑은 수정 구슬
가만히 세상을 응시하네
긴 다리 접고 몸을 웅크린 채,
침묵의 명상에 잠기네

밤이 깊어지고 달빛이 연못을 비출 때,
그대의 목청은 비로소 깨어나네
"개굴, 개굴, 개구리 소리 "
고요한 밤을 깨우는 우렁찬 노랫소리
어둠 속에서 그대만의 축제가 시작되네
이 밤의 주인공은 바로 그대라네

밤이 깊어지고 달빛이 연못을 비출 때,
그대의 목청은 비로소 깨어나네
"개굴, 개굴, 개구리 소리 "
고요한 밤을 깨우는 우렁찬 노랫소리

어둠 속에서 그대만의 축제가 시작되네
이 밤의 주인공은 바로 그대라네

해 질 녘, 붉은 노을이 연못을 물들일 때,
그대는 긴 혀를 내밀어 허공을 가르네
파리 한 마리, 모기 한 마리,
한 치의 오차 없이 정확한 사냥꾼
그대의 저녁 식사는 풍요롭네

비 오는 날, 빗방울이 연잎 위에 떨어질 때,
그대는 빗방울을 맞으며 춤을 추네
"개굴, 개굴, 개구리 소리 "
빗소리와 어우러지는 흥겨운 합창
세상의 모든 슬픔을 잊고,
그대는 오직 이 순간만을 노래하네

여름날, 연못가 작은 왕국의 왕
그대의 삶을 살아가네
때로는 침묵하고, 때로는 노래하며,
때로는 사냥하고, 때로는 춤을 추며,

자연의 흐름에 몸을 맡긴 채,

행복을 노래하네

별빛 향기

밤이 내리는 시간, 창가에 기대어
까만 밤하늘에 뜬 수많은 별을 헤아린다
작은 숨결 하나하나에 실린 그리움처럼
별들은 속삭이며 저마다의 향기를 뿌린다

은은한 풀꽃 향기, 바람에 실려 오는 밤공기
별빛은 그 향기를 머금고 더 깊게 빛난다
무수한 이야기들이 별무리 속에 숨어
지나간 시간의 흔적을 조용히 더듬는다

아련한 추억의 냄새, 빛바랜 사진처럼
별빛 아래서 피어나는 아픔과 기쁨
그 모든 감정들이 어우러져
하나의 거대한 별빛 향기로 피어난다

먼 옛날 사랑했던 이의 미소
헤어진 친구의 따뜻한 손길

잊힌 꿈들의 아릿한 맛
이 모든 것이 별빛에 녹아들어
나의 영혼을 부드럽게 감싸안는다

별빛 향기는 단순한 냄새가 아니라
시간과 공간을 초월한 마음의 울림이다
보이지 않는 곳에서 피어나는 사랑처럼
가슴 깊은 곳에서 조용히 스며든다

나는 그 향기를 들이마시며
밤의 고요 속으로 더 깊이 잠겨든다
별들이 보내는 신비로운 속삭임에 귀 기울이며
이 밤이 영원히 계속되기를 기도한다

영원한 숲

두터운 나무껍질
나의 작은 세상 위로 드리운 든든한 그늘

나는 당신의 가지에 매달려
세상의 풍경을 처음 보았지
새로운 것들을 향한 작은 발걸음은
언제나 당신의 커다란 손안에 있었고
낯선 세상의 차가운 바람이 불어와도
나는 당신의 품에서 울지 않았네

아버지는 나에게 한 그루의 나무
뿌리 깊이 단단히 박힌
수많은 계절의 비바람을 견뎌낸
묵묵한 인내의 나무

당신의 굳은살 박인 손은
내가 넘어질 때마다 일으켜 세워준

가장 따뜻하고 든든한 지지대였고
당신의 굵은 목소리는
두려움에 떨던 나를 향한
가장 용감한 응원의 메시지였네

아무 말 없이 그저 바라만 봐도 좋은
지친 어깨를 기댈 수 있는
세상 가장 편안한 나무 한 그루
당신은 나의 아버지
언제나 그 자리에 서 있는 나의 나무
나의 영원한 숲이여

붉은 노을

노을빛이 지평선 위에 흘러내리는
황금빛 물감 한 자루
오늘은 붓을 들고
하늘이라는 도화지에
마지막 그림을 그린다

구름 조각들은
타오르는 불꽃 속에 갇힌
마음의 조각들처럼 붉게 물들고
바람은 그 위를 쓸고 가는
고독한 시인의 손길과 같다

태양은 거대한 화산처럼
마지막 불꽃을 뿜어내며
세상의 모든 색을
붉은빛으로 집어삼킨다

저 빛은 마치
뜨거운 이별의 눈물처럼
하염없이 쏟아져 내린다
세상은 잠시 숨을 죽인 채
고요한 침묵 속에 잠겨
노을을 바라보는 모든 이들은
각자의 추억과 아쉬움을
저 붉은빛 강물에 띄워 보낸다

붉은 노을은
오늘이라는 긴 여행의
마지막 목적지이자,
새로운 시작을 알리는
비밀스러운 전령이다

어둠이 내려앉는 순간,
노을은 비로소 완전한
하나의 시가 되어
밤하늘에 영원히 새겨진다

별빛 향기 담은 밤

푸른 밤, 은하수 찻잔에
별빛 한 스푼 넣으니
그대 향기가
잔잔히 차올라

밤하늘은
한 송이 커다란 붓꽃,
별들은 그 꽃잎에 맺힌
아침 이슬처럼 반짝이고

그대 목소리는
여름날 냇물 소리,
졸졸 흐르며 내 마음을 간지럽히고
그대 눈빛은
밤하늘의 등대,
길 잃은 내게
환한 빛을 비추네

창가에 기대어
밤의 무게를 느끼니,
시간은 흘러가는 강물처럼
말없이 나를 스쳐 가네

나는 그 강가에 선 작은 조약돌,
그대의 사랑에 닳고 닳아
둥근 마음이 되었네

별들이 속삭이는 밤,
향기는 바람결에 실려
멀리서 온 편지처럼
내 가슴에 닿고
나는 그 편지를 받아 든 아이처럼
설레는 마음으로
밤을 기다리네

하늘

하늘은 마치 거대한 거울 같아서,
때로는 푸른 바다를 담고,
때로는 노을빛 불꽃을 품는다

하늘은 캔버스다
구름은 자유로운 화가가 되어
흰 물감으로 솜사탕을 그리고,
먹구름으로는 금방이라도 쏟아질 듯한
웅장한 수묵화를 그린다

하늘은 거대한 스크린이다
태양은 눈 부신 주인공처럼 떠오르고,
달은 은은한 조연처럼 나타난다
밤이 되면 수많은 별들이 반짝이는
보석으로 박혀 빛을 낸다

하늘은 포근한 이불이다

우리를 감싸안고,
때로는 비를 내려 슬픔을 씻어주고
때로는 무지개를 걸어 희망을 보여준다

하늘은 끝없이 펼쳐진 미지의 바다이다
그 위로 끝없이 여행을 떠나고 싶은
작은 배들이 떠다닌다

시간의 향기

시간은 한 병의 향수다
어떤 날은 봄꽃처럼 싱그러운 냄새를 풍기고,
어떤 날은 흙냄새처럼 아련한 그리움을 남긴다

아침 햇살은 갓 내린 커피의 은유다
따뜻하고 고소한 향으로 하루를 깨우고,
투명한 유리잔에 담긴 커피처럼 맑고 깨끗하다

기억은 낙엽이 쌓인 길과 같다
바스락거리는 소리에 발걸음을 멈추듯,
잊고 지냈던 추억의 향기가
시간의 바람에 실려와 코끝을 간질인다

시간의 흐름은 강물과 같다
어릴 적 흙장난처럼 즐거웠던 시간은
강물에 비친 햇살처럼 반짝이고,
밤하늘의 별처럼 아득한 그리움으로 남는다

우리는 시간의 숲을 걷는다
그 숲에는 겹겹이 쌓인 향기가 있고,
그 향기는 곧 우리 삶의 지도다
그렇게 시간은 흔적을 남기며 우리 곁에 머문다

바람의 숨결

새벽녘 안개 걷히자 붉은 해 솟아
노동은 지친 영혼을 씻어내는 바람의 숨결
고단한 몸 일으켜 세우는 힘이 되어
오늘을 살아낼 이유를 말해준다

손에 밴 굳은살은 삶의 지도
굽이굽이 흐르는 강물처럼
수많은 이야기가 새겨져 있고
이정표를 따라 묵묵히 걸어온 길

땅에 떨어진 땀방울은 생명의 씨앗
메마른 대지를 적시고
풍요로운 열매를 맺어
내일의 희망을 키워낸다

밤하늘의 별들은 침묵의 증인
아무도 보지 않는 곳에서

피어나는 꽃처럼 고요히 빛나며
노동의 가치를 속삭인다

소리의 항해

47

내 손끝이 건반 위에 닿으면
밤의 고요가 숨을 죽인다
피아노는 거대한 심해
검은 건반은 짙은 심연의 바다
하얀 건반은 부서지는 파도의 포말
손가락은 그 위를 유영하는 배가 되어
소리의 항해를 시작한다

건반을 누르는 무게에 따라
때로는 거친 폭풍우가 몰아치고
때로는 잔잔한 호수 위를 미끄러진다
멜로디는 내 안의 이야기가 되어 흐르고
화음은 겹겹이 쌓인 마음의 숲을 이룬다

음표는 바람에 흩날리는 깃털처럼 가볍고
슬픔은 가슴을 짓누르는 거대한 바위처럼 무겁다
마음속의 희열은 강물이 되어 넘실거리고

좌절은 깊은 수렁이 되어 발목을 잡는다
그러나 나는 기어코 소리를 만들어내어
침묵의 벽을 무너뜨린다

마침내 마지막 음이 사라지면
나는 텅 빈 공간에 혼자 남는다
그러나 내 영혼은 이미
소리의 바다를 건너
빛으로 가득 찬 섬에 도착했다

훈장

쌓이는 시간의 훈장
새벽은 희미한 희망의 램프,
지하철은 고단한 뼛조각들의 행렬

도시의 심장이 멎은 시간,
나는 잠에서 깨어
무거운 하루의 닻을 올린다

아침 햇살은 잔인한 거울처럼
어제의 땀방울을 비추고,
등에 짊어진 삶의 무게는
거북이 등껍질처럼 단단하다

손끝에 박힌 가시들은
세상과 맞서 싸운 용사의 흉터,
울퉁불퉁 굳은살은
고통을 밟고 선 삶의 디딤돌

땀방울은 소금꽃으로 피어나
노동의 성실함을 증명하고,
흐르는 시간은 톱니바퀴처럼
나를 삼키고 다시 뱉어낸다

하루의 끝,
석양은 지는 해처럼 붉게 타오르며
내 지친 어깨를 쓰다듬는다

쌓이는 시간의 훈장
그 훈장 위에 새겨진
고단함과 인내의 문양은
오늘도 내일의 벽돌을 쌓아 올린다

여정

발걸음마다 새겨지는 시간의 지도,
한 장 한 장 넘기는 추억의 책장 같아
굽이치는 길은 인생의 물결,
때론 격렬하게, 때론 고요하게 흐르네

숲은 초록빛 그리움을 품고,
강물은 은빛 속삭임을 건네네
고독은 나침반이 되어 길을 비추고,
바람은 길잡이가 되어 나를 이끄네

넘어지는 순간은 땅을 향한 입맞춤,
다시 일어서는 용기는 하늘을 향한 날개
마침내 닿은 곳은 또 다른 시작의 문,
여정은 끝없이 이어지는 삶의 그림이네

수채화

어제의 짙은 먹구름은
오늘의 그림이 되어
투명한 물 위에 풀린다

걱정은 물감처럼 퍼져나가
마음을 온통 푸르게 물들이고
슬픔은 붓질이 되어
덧칠할수록 깊이를 더한다

세상이 도화지라면
우리의 삶은 그 위에 그려지는
한 폭의 수채화 같다

기쁨은 노란빛으로 스며들고
사랑은 붉은 꽃잎처럼 번진다
때로는 번지고, 때로는 겹쳐져
다채로운 풍경을 만들어낸다

번진 물감 자국처럼
지울 수 없는 상처가 남을 때도 있지만
그 얼룩마저 그림의 일부가 되니
인생은 덧칠하며 완성하는
아름다운 수채화다

달콤한 독

밤의 창가는
은빛으로 쏟아지는
달의 강물에 잠겨
새하얀 그리움으로 흐르네

달빛 한 모금 마시니
온몸에 퍼지는
달콤한 독
가슴 시리도록 아름다운 통증

내 안에 잠든
그대라는 그림자를 깨워
창밖으로 춤추게 하는
달의 마법

내 손을 스치는
서늘한 공기는

그대라는 비단결,
달콤한 미소는 차가운 독

밤은 깊어지고
달은 나의 심장에 박힌
은빛 못이 되어
영원히 빛나네

편지

내 안의 낡은 우체통
주소 없이 갇힌 너의 이름

오랜 시간을 품은 봉인된 바다
그 속에서 밀물처럼 차오르는
너에게 보내지 못한 말들
모두 마르지 않는 잉크가 되어
한 글자, 한 글자
돌멩이처럼 단단하게 굳어버렸지

사랑이란 이름의 유리병에 갇힌 채
밤하늘의 별을 보며
나비의 날개처럼 조심스럽게
내 마음을 펼쳐 보여도
결국 너에게 닿지 않는
무음의 메아리가 되었다

내 안에 맴도는 너의 흔적은
낡은 사진첩 속 빛바랜 풍경처럼
아프도록 선명한데

영원히 띄울 수 없는 종이배처럼
나의 마음은 강물 위에 흔들린다
결코 닿을 수 없는
미지의 해안을 향해
조용히 떠다니고 있다

이슬

새벽의 검은 장막이 걷히기 전,
세상의 모든 풀잎은 작은 섬이 된다
그리고 그 섬 위로 조용히 내려앉는,
하늘이 밤새 흘린 투명한 눈물

그것은 너, 이슬이었지
너는 밤의 정적을 깨고 내려온
수많은 별들의 잔해일까
아니면 달빛이 숨 쉬다 남긴
가장 순수한 결정일까

풀잎 끝에 매달린 너는
세상에서 가장 연약한 왕관이 되어
미래의 햇살을 기다린다
너는 잠든 꽃들의 꿈을 담고 있는
작은 수정 구슬
나뭇가지에 위태롭게 맺힌 너는

아직 피지 않은 생명의 서막

네가 반짝이는 순간, 세상은 숨을 죽이고
네 안의 작은 우주를 들여다본다
아침 햇살이 창을 열고 들어오면
너는 흔적 없이 사라지는 연기처럼
아쉬운 작별을 고하고
대지라는 거대한 품으로 돌아간다

너는 가장 짧은 생명을 살면서
가장 빛나는 순간을 남기는 존재
너는 이별을 두려워하지 않는
고요한 시인이다

너의 사라짐은 끝이 아니라
더 큰 생명으로의 환원임을 알기에
나는 너의 사라지는 뒷모습을 보며
삶의 덧없음과 아름다움,
그리고 순환의 지혜를 배운다

오늘도 나는 너를 만나러 간다
풀잎 위에서 잠시 빛나다 사라지는
그 짧은 보석을 보기 위해
그리고 내 삶의 작은 순간들이
너처럼 아름다운 빛을 머금기를
간절히 바라면서

안개꽃

어둠이 내려앉은 밤하늘에
은빛을 뿌려 놓은 듯,
그대라는 넓은 풍경에
수많은 별들이 돋아납니다

작고 여린 꽃잎 하나하나는
마치 맑은 이슬방울처럼
투명한 고요를 머금고,
세상 모든 소란을 잠재웁니다

그대 곁에 있을 때
나는 안개꽃이 됩니다
소리 없이 피어나 그대의 빈 곳을 채우는
수줍은 고백이 됩니다

거친 바람에도 흔들리지 않고
그저 그대를 감싸안는
포근한 솜이불이 됩니다

장미의 화려함 뒤에 숨어
가녀린 그림자처럼 서 있지만
사실은 그 모든 아름다움을
지탱하는 힘이 됩니다

마치 한 폭의 수묵화처럼
은은한 여백을 만들어
그대가 더욱 빛나도록 돕는
순수한 여백이 됩니다

그대라는 커다란 사랑에
내가 안개꽃으로 피어
고요히, 그리고 영원히
사랑의 숨결을 불어 넣습니다

꽃다발 속의 주인공은 아니지만
이 세상 그 어떤 꽃보다
그대를 가장 아름답게 만드는
하얀 숨결이 바로 나입니다

덧칠된 그림자

어둠이 내린 방, 창문은 텅 빈 눈동자
차가운 공기 사이로 익숙한 냄새가 스민다
손끝에 닿는 이것, 나의 그림자

한때는 낯설던 향기가 이제는 안식처가 되고
부드러운 속삭임은 나를 끌어당기는 주문이 된다
첫 만남은 호기심 가득한 놀이였지

가벼운 입맞춤처럼 시작된 탐험은
어느새 나의 모든 것을 삼키는 거대한 파도가 되었다
파도에 휩쓸려 허우적대는 나를
손 내밀어 건져줄 이는 아무도 없었고
아니, 사실 나는 도움의 손길을 원치 않았다

이 달콤한 감옥이 나의 전부가 되어버린 후,
세상은 무채색의 풍경으로 변해갔다
사람들의 웃음소리는 닿지 않는 메아리가 되었고,

태양의 따스함은 그저 희미한 기억 속 잔상이 되었다

나는 오직 하나의 감각, 하나의 존재에만 집중했다
그림자는 점점 더 짙게, 나의 몸을 휘감는다
떨리는 손으로 그림자를 덧칠할 때마다
나는 잠시나마 완전해지는 착각에 빠진다
이것이 나를 구원하는 유일한 길이기에,
나는 모든 것을 바쳐 이 그림자를 숭배한다

그러나 그림자가 사라진 후의 고통은 더욱 깊다
텅 빈 공간, 차가운 공기, 그리고 나
찢겨 나간 마음의 조각들은 바람에 흩어지고
나는 다시 그림자를 찾아 헤매는
영원히 목마른 존재가 된다

창문에 그린 마음

유리창에 손끝으로 쓴 한 편의 편지
창밖의 풍경을 잠시 가리고
나만의 작은 비밀 정원이 피어난다

투명한 유리는 시간의 강물이 되어
오늘의 나를 가두고
내일의 너를 보여준다

차가운 유리에 닿는 숨결의 붓질
지워졌다 다시 생겨나는
희망의 안개처럼
창밖의 풍경을 감추었다 보여주며
마음의 그림을 그린다

손가락으로 꾹꾹 눌러 그린
삐뚤빼뚤한 선들은
마음의 지도가 되어

어디로 가야 할지 모르는
나를 안내하고
툭, 하고 흘러내리는 이슬방울은
숨죽여 참았던 눈물의 고백처럼
투명한 창문을 타고
아래로 아래로 흐른다

창문은 세상의 거울
그 안에 비친 풍경보다 더 선명하게
내 마음의 풍경을 비추는 곳

그래서 오늘도 나는
이 차가운 유리창 위에
따뜻한 마음을 그린다

무지개 덫

어둠이 내린 도시에
한 줄기 빛이 내려앉네
그 빛을 따라 걸어간
수많은 발걸음들

화려한 무지개는
저마다의 꿈을 품고
닿을 수 없는 곳에
반짝이며 흔들리네

무지개는 희망의 신화
가난한 영혼들의 아편
내일을 속삭이는 달콤한 독
오늘을 갉아먹는 치명적인 유혹

종이 한 장에 실린
무지개빛 환상

그 미로 속에서
헤매이는 수많은 나비들
결국 무지개는 신기루처럼
허공으로 흩어지고
남은 것은 공허한 손과
타들어 가는 마음뿐
.

욕망의 덫에 걸린
어리석은 새들은
다시 날아오를 힘조차 없이
차가운 땅에 쓰러지네

빈손

두 손에 움켜쥔 건 허공,
모래알처럼 스르르 빠져나가는
욕심의 무게였다

텅 빈 손바닥 위로
고요히 내려앉는 햇살은
은빛 비늘 흩뿌리는 물고기처럼
차갑고도 눈부시다

이제야 알겠다
빈손은 텅 빈 잔이 아니었음을,
모든 것을 담을 수 있는
무한의 바다였음을

고독과 자유가
바람처럼 스쳐 지나가는
투명한 손

그 위로 새로운 이야기들이

별처럼 반짝이며 쏟아진다

분필 가루

칠판 위에 흩날리는 분필 가루는
마음의 빈 페이지를 채우는 하얀 눈송이
선생님의 목소리는 숲을 흔드는 바람,
사각거리는 소리는 새벽이슬 내리는 소리

칠판 속 오만 가지 기호들은
아직 닿지 않은 미지의 세계로 가는 길
지우개가 지운 자리에 남은 흔적은
어제보다 더 자란 나의 키

교실은 거대한 우주선,
창문 밖 세상은 아득한 은하수
우리는 별을 헤는 여행자,
반짝이는 꿈을 향해 나아간다

쉬는 시간, 복도는 강물처럼 흐르고
아이들의 웃음은 맑은 물방울처럼 튀어 오른다

모든 순간이 시가 되고 노래가 되는
마법 같은 공간

종이 울리면 새로운 항해를 시작한다
분필 가루가 눈처럼 쌓인 교실에서

9월의 첫날

여름의 뜨거운 숨결이 잦아들고
가을이라는 새로운 방문객이
정원 문을 두드리는 아침,

아스팔트 위에 쏟아지는 햇살은
더 이상 칼날 같은 창이 아니라
따스한 금빛 담요처럼 부드럽다

바람은 지친 영혼을 쓰다듬는 손길 같고,
높아진 하늘은 미래를 비추는 거울처럼
투명하고 깊은 파랑으로 빛난다

오늘, 우리는 지난 계절의 무거운 짐을 내려놓고,
새롭게 펼쳐진 하얀 도화지 위에
희망이라는 물감으로
첫 점을 찍는다

비 온 뒤 어느 날

물방울이 보석처럼 반짝이는
비 갠 오후, 젖은 흙냄새는
추억처럼 피어오른다

어제까지만 해도
세상의 무게를 짊어진 듯
어둡고 칙칙했던 하늘은
이제 막 태어난 아이의 눈동자처럼
맑고 투명하다

촉촉하게 젖은 나뭇잎들은
초록색 혀를 내밀어
햇살을 핥고,
도로 위에 고인 물웅덩이는
세상의 거울이 되어
구름의 조각배를 띄운다

묵묵히 서 있던 풍경들도
웅크렸던 몸을 펴고
환한 미소를 짓는 듯
세상 전체가 거대한 숨을 내쉰다

지친 영혼의 흙탕물을
정화하듯, 비가 씻어내고 간
이 세상은
한 편의 아름다운 시가 되어
고요히 빛나고 있다

장미꽃 한 송이

고운 비단 치마를 두른 무희처럼,
붉은 장미 한 송이가 정원에 홀로 서 있네
밤의 이슬은 영롱한 보석이 되어
꽃잎 위에 내려앉고,
아침 햇살은 조명처럼 무대를 비추어
가장 아름다운 순간을 선물하네

가시 돋친 줄기는
세파에 깎인 인생의 굴곡이요,
활짝 핀 꽃잎은
그 모든 고난을 이겨낸 영광의 왕관이네
너의 향기는
고단한 하루를 위로하는
따스한 어머니의 품 같아라

시들고 떨어져 흙으로 돌아가는 너의 모습은
마치 모든 것을 내려놓는 수행자 같고,

그렇게 사라진 자리에 남은 향기는
영원히 기억될 사랑의 노래 같네

수채화

잔뜩 머금은 물, 붓끝에 맺혀
투명한 시간들이 화선지 위로 흘러내린다
번지는 경계들, 흐려지는 세상의 윤곽
모든 것이 부드러운 안개 속에 잠긴다

한 방울 푸른 물감이 번져나가며
아득한 바다의 속삭임을 전하고
붉은 노을 한 줌이 스며들어
가슴속 뭉클한 그리움이 피어난다

때로는 거침없이 흘러내리는 물줄기처럼
어지러운 마음이 휘몰아치다
이내 맑고 고요한 호수처럼 잔잔해지고
그 위에 햇살 한 조각이 반짝인다

세상의 모든 색들이 물과 만나 하나 되고
경계를 허물고 서로를 품어 안는 순간

가장 아름다운 조화가 탄생한다
혼란 속에서도 빛을 잃지 않는 투명함,
그것이 바로 수채화가 품고 있는 진심이다

나는 오늘도 붓을 든다
삶이라는 도화지 위에
물과 색을 섞어 조심스레 칠하며
내 안의 풍경들을 그려나간다
흐릿한 추억은 더 아련하게,
선명한 희망은 더 빛나게

번짐의 미학, 기다림의 시간이 빚어내는
우연한 아름다움 앞에
겸허히 고개를 숙인다
모든 것이 완성된 후에야 비로소 알게 되는
흐르는 물의 노래, 번지는 색의 춤사위

마지막 붓질이 끝나고
물방울의 흔적이 마르며
남겨진 투명한 공백이 말한다

가장 깊은 이야기는
채워지지 않은 여백 속에
숨 쉬고 있다고

수묵화

차갑고 검은 먹물 한 방울은
세상 모든 색을 지운 채
고요한 종이 위에 내려앉는 순간,
무한한 우주가 시작되는 태초의 찰나
먹의 농담은 안개와 같다

짙은 먹은 속내를 알 수 없는 깊은 숲이 되고,
옅은 먹은 희미한 강가의 안개가 되어
보이지 않는 것을 더 선명하게 보여준다

때로는 붓끝을 세워 뾰족한 바늘처럼 날카로운 소
나무가 되기도,
부드러운 솜뭉치처럼 둥근 산봉우리를 빚어내기도
한다
여백은 침묵과 같다
말하지 않아도 모든 것을 담고 있는 침묵

그 빈 공간은 잃어버린 기억의 잔해 같기도 하고,
미처 피어나지 못한 꿈의 씨앗 같기도 하다
여백 위를 유영하는 한 마리 새는
억눌렸던 마음을 표현하는 자유의 영혼이다

그렇게 붓과 먹이 만나
검은 선과 하얀 여백이 빚어낸 그림은
보이지 않는 것을 보게 하고,
들리지 않는 것을 듣게 하는
마음의 거울이 된다

손안의 작은 우주

차가운 유리 조각, 그 속에
수많은 마음들이 별처럼 반짝인다
고요한 밤, 검은 우주 속에서
네모난 창은 나 홀로 깨어 빛을 낸다

손끝이 닿을 때마다
수많은 은하들이 깨어나
전파라는 이름의 긴 실을 타고
먼 곳의 목소리를 데려온다

너는 거미줄, 끊임없이 이어지는
인연의 끈을 엮어
고독한 섬과 섬을 잇는
작은 현수교

때로는 희미한 속삭임이,
때로는 굵은 웃음소리가

강물처럼 흘러 들어와
이 마른 가슴을 적신다

너는 또한 마법의 거울,
나와 너를 동시에 비추는
가장 솔직한 얼굴

오랜 그리움의 그림자를 품고
미래의 약속을 속삭이는
따뜻한 숨결

손안의 작은 우주,
나와 너를 이어주는
보이지 않는 연결고리

갈대밭

바람의 머리채를 쓸어내리는 황금물결
갈대밭은 바람의 붓질 아래
춤추는 황금빛 파도

태양이 비추는 대로
그림자를 드리우고,
때로는 노을빛에 취해
붉은 술잔을 기울인다

하나의 갈대는
외로운 깃털이지만,
함께 흔들릴 때면
웅장한 교향곡을 연주하는
음악가들의 합창이다

서걱이는 소리는
지난날의 비밀을 담은

낡은 책장을 넘기는 소리 같고,
그 잎사귀들은
시간을 낚는 어부의 손짓처럼
지나가는 순간들을 건져 올린다

그곳에 서면
나는 잃어버린 기억을 찾는
항해사가 되고,
갈대밭은
침묵의 언어로 말하는
거대한 사서가 된다

솜사탕

구름 한 조각이 바람에 실려 온 듯,
막대기 끝에 피어난 솜털 같은 환상
하늘을 닮은 파란색, 노을을 품은 분홍색,
투명한 공기 방울이 모여 만든
달콤한 무지개가 눈앞에 아른거린다

입술에 닿는 순간, 사르르 녹아 사라지는 덧없음
그 찰나의 순간,
혀끝에 남는 달콤한 추억은
어린 시절의 소풍날,
엄마의 손을 잡고 걷던 길처럼
잊히지 않는 따뜻함으로 남아
가슴속에 작은 불씨를 지핀다

솜사탕은 사랑과 닮았다
가벼워 보여도 그 안에 담긴 설렘은
세상 그 무엇보다 무겁게 마음을 울리고,

부드러운 손길처럼
지친 하루의 끝에 찾아온 위로처럼,
달콤한 속삭임으로 나를 감싼다

사라지고 없는 빈 막대기만 남았지만,
그것은 끝이 아니다
솜사탕은 잠시 머물다 가는
삶의 행복한 순간들을 은유한다

바라보는 것만으로도 미소가 지어지고,
한입 베어 물면 온몸에 퍼지는 따스함
우리의 삶도 이처럼
소소한 순간들이 모여
달콤한 기억들을 만들어가는 것일 테니

바닷바람

어둠이 내린 밤, 뭍으로 밀려온 바람이
숨결을 섞는 곳, 깊은 바다의 품에서
밀려오는 파도 소리, 그 속삭임 따라
먼 곳의 향기, 짜릿한 비린내가 묻어온다

그대는 먼 길을 돌아온 이야기꾼인가
온갖 섬들의 노래와 뱃사람의 고단함을 싣고
하얗게 부서지는 파도 거품 위에
추억과 그리움을 흩뿌리는가

나뭇잎 흔들리는 소리, 들판의 풀꽃 내음
그 모든 것을 뒤섞어 휘몰아치는 그대
때로는 거칠게, 모든 것을 쓸어버릴 듯
포효하며 달려와 온몸을 휘감고
때로는 부드럽게, 귓가에 속삭이듯
잔잔한 파문 일으키며 숨죽여 흐른다

나는 그대와 함께 숨 쉬고
그대와 함께 춤추는 작은 모래알
그대가 지나간 자리에 새겨진
수많은 발자국, 지워지지 않는 흔적들
그 속에 담긴 시간의 무게를 느낀다

밤이 깊어질수록 그대의 숨결은 더욱 선명해지고
달빛 아래 반짝이는 은빛 비늘들
그 위로 쏟아지는 별들의 조각
모래사장에 홀로 앉아 그대의 이야기를 듣는다
시간을 잊고, 모든 것을 놓아버린 채
그대의 품에 안겨, 짠 내 가득한 꿈을 꾼다

여백

한 폭의 그림에서
비어 있는 하얀 공간은
숨 막히게 아름다운
고요의 노래

쉼표처럼 잠시 멈추어 선
삶의 빈 페이지
그 위에 새겨질
새로운 이야기는
먹구름 뒤 숨어 있는
햇살 같은 것

밤하늘의 검은 여백은
별들의 잔치에
펼쳐지는 무대
빛을 잃고 홀로 떠도는
외로운 달에게

주어지는 위안

그렇게 비어 있는 여백은
어둠 속에서 빛을 찾는
등대와 같아서
길 잃은 마음을
따뜻하게 감싸안는다

꺾어진 꽃의 마음

나는 꺾어진 꽃,
하늘을 향해 뻗던 희망의 돛은 찢어지고
빗물 머금던 사랑의 잔은 엎질러졌다

꺾인 자리에서 시린 바람이 불어와
속삭이듯 아픔을 속삭인다
한때는 태양의 금빛 팔에 안겨
세상에서 가장 빛나는 보석이었지만,
이제는 땅을 향해 고개 숙인 묵언의 순례자일 뿐

나의 마음은 꺾인 나뭇가지에 매달린
마지막 잎새와 같다
겨울의 노래를 부르며
언젠가 떨어져 흙의 품에 안길 날을 기다린다

그러나 나는 안다
이 아픔이 미래의 열매를 맺기 위한

침묵의 잉태라는 것을
바람이 쓰다듬는 상처는 곧
사랑의 훈장이 되어
새로운 계절의 첫 번째 눈물로 피어날 것이다

꺾어진 꽃은
사라진 향기 대신
영원의 향기를 품고 있다
그것은 바로
세상의 모든 슬픔을
끌어안을 수 있는
따뜻한 심장이다

답이 없는 사랑

닿을 수 없는 그대에게,
내 마음은 오늘도 길을 잃습니다
밤하늘의 별처럼 반짝이지만
잡으려 손 내밀면
저만치 달아나는 신기루

사랑은 어쩌면
텅 빈 공간에 울리는
메아리 같은 것
돌아오지 않는 대답을 알면서도
기다리는 미련한 기도입니다

시든 꽃잎처럼
마르지 않는 그리움만 남아
가슴 한 켠에 앙금처럼 쌓입니다
결국 혼자 지새운 밤,
슬픔도 익숙한 풍경이 되었습니다

사랑의 시작은 아름다운 꿈이었으나
끝은 없는 질문만 남은
덧없는 이야기가 되었습니다
그럼에도 불구하고 나는
오늘도 그대를 사랑합니다

나뭇잎은 노래한다

가을바람이 지휘하는 오케스트라,
나뭇잎 하나하나가 악기가 되어
파르르 떨리는 떨림은 플루트의 고음,
바스락거리는 속삭임은 첼로의 저음,
모든 소리가 한데 모여 숲의 교향곡을 연주한다

때로는 빗방울이 두드리는 작은 북이 되어
후두둑, 후두둑,
빗소리에 맞춰 경쾌한 리듬을 낸다
그 소리는 투명한 유리구슬처럼
맑고 영롱하게 빛나며
땅 위로 떨어진다

또 어떤 날은 햇살이 스며드는 순간
황금빛 비늘을 반짝이며
춤추는 나비처럼 가볍게 나풀거린다
그 움직임은 삶의 환희를 노래하는

행복한 시인의 필체처럼 아름답다

그렇게 나뭇잎은
자연의 언어로 우리에게 말한다
바람의 숨결이 부는 날은 삶의 흔들림을,
빗방울이 내리는 날은 눈물의 정화를,
햇살이 빛나는 날은 희망의 빛을

나뭇잎이 노래하는 소리에 귀 기울이면
우리 영혼의 숲도 함께 흔들리며
가슴속 깊은 곳에서
나만의 멜로디가 피어난다

오지 않는 버스

저 멀리 지평선에 걸린 붉은 노을이
오지 않는 너를 닮아,
하염없이 길어지는 그림자는
기다림에 지쳐 늘어진 내 마음 같아

한때는 맹렬한 불꽃 같았던 희망은
이제는 재가 되어 바람에 흩날리고,
텅 빈 버스 정류장은
미완의 교향곡처럼 쓸쓸한 침묵만을 연주하네

나는 너라는 미궁 속에 갇힌
길 잃은 아이,
시간은 흘러가는 강물처럼
나를 지나쳐 저만치 흘러가는데,
너라는 버스는 언제쯤 내게 도착할까

내 삶의 정류장에 멈출 줄 모르고
무심하게 스쳐 가는 바람은
네 소식 없는 안부처럼 차갑기만 하고,
어둠이 내린 밤하늘에는
수많은 별들이 네 그림자처럼 반짝이네

오지 않는 버스를 기다리며
나는 끝없이 되뇌는 주문처럼
너의 이름을 부른다
아, 너는 나의 영원한 기다림,
끝나지 않는 기다림이여

멈춰버린 시간 속의 추억

검은 교복의 그림자들은 어디로 갔을까
낡은 자물쇠는 녹슨 채 굳게 닫혔고
먼지 낀 창문 너머로 보이는
텅 빈 운동장은 쓸쓸히 바람을 맞는다

칠판에 희미하게 남은 분필 자국
누군가의 이름, 풀리지 않은 문제들
그 위로 쌓이는 세월의 무게만큼
희망은 점점 빛을 잃어갔다

쉬는 시간마다 떠들썩했던 복도는
이젠 삐걱거리는 문소리만 울리고
뛰놀던 아이들의 발자국은
낙엽처럼 바닥에 뒹굴 뿐이다

교정 한편에 우뚝 선 오래된 나무는
수많은 졸업생들을 떠나보낸 뒤에도

묵묵히 그 자리를 지키며
계절의 변화를 홀로 맞이한다

해 질 녘, 교실 창가에 드리운 석양
먼지 쌓인 책상 위로 마지막 인사를 건네고
밤이 되면, 오래된 종탑은
더는 울리지 않는 종소리를 가슴에 품고
고요한 어둠 속으로 잠든다

밤의 연주가

어둠이 내리면
숨 막히는 고요 속에
톱니 같은 날개 비벼
별빛 반짝이는 소리를 낸다

깊은 땅속에 묻었던
아득한 기억을 더듬어
오늘 밤의 노래를 짓고
가슴 뛰는 전율을
세상에 울려 퍼뜨린다

귀를 기울여 보렴
풀잎 스치는 바람 소리
나뭇가지 흔들리는 소리
그 모든 소리들이
하나의 선율이 되어
밤의 협주곡을 만든다

나는 고독한 연주가
나의 노래는
사랑을 찾아 떠나는
나의 외침이자
슬픔을 잊고 싶은
나의 기도이다

이 밤이 깊어 갈수록
나의 노래는 더욱 간절해지고
나는 더욱 외로워진다

하지만 나의 노래는 멈추지 않는다
새벽이 올 때까지
나는 노래할 것이다
밤의 연주가로
영원히

이별 그리고 향기

꽃잎 흩날리던 그 길목,
그대 손을 놓던 순간
시큰한 아픔보다 먼저,
그대 향기가 바람에 실려 왔습니다

달콤한 벚꽃 내음 같기도,
밤을 지새우던 커피 향 같기도,
어린 시절 가지고 놀던
비눗방울 냄새 같기도 한
그 향기에 취해,
그대는 이미 없는데
내 코끝은 여전히 그대를 찾습니다

서랍 속 묵혀둔 옷가지에서,
우연히 들린 카페 문을 열 때,
길을 걷다 마주치는 낯선 이에게서
문득문득 그 향기가 느껴질 때마다

나는 그대를 추억합니다

아니, 놓아주려 해도 놓아지지 않는
과거의 끈을 부여잡습니다
시간이 흘러 모든 것이 희미해져도
그대와의 이별은
그날의 향기로 영원히 박제되어
내 가슴에 머무를 것만 같습니다

그 향기를 맡을 때마다
새살 돋지 않는 상처처럼
아릿하게 아파올 것 같습니다

아침의 문턱

저기, 밤의 묵은 그림자
아직 잠들지 않은 어둠이
가장 깊은 색을 토해낼 때
차가운 공기가
피부에 닿아
숨 막히는 고요를 짓는다

별빛마저 희미해진 하늘
세상의 모든 소리가
가장 작게 속삭이는 시간

하지만 저기 동녘에
아주 희미한 빛이
어둠을 꿰뚫고 스며든다
그 빛은
아직 오지 않은 새벽의 약속
가장 먼저 깨어나는

세상의 노래

곧 세상이 깨어날 거야
새로운 하루가,
눈부신 빛과 함께
이 차가운 공기를
따스하게 데울 거야

해 뜨기 전,
가장 어둡고,
가장 조용하고,
가장 아름다운 시간

창가에 머문 향기

가을바람이 창가에 살짝 기댄다
지나간 시간의 향기가 묻어난다
그것은 마치 낡은 서점에서 꺼낸 빛바랜 책처럼,
수많은 이야기와 감정을 품고 있다

향기는 투명한 실처럼 코끝을 감고 들어와
잊고 지냈던 기억의 문을 연다
어릴 적 낡은 흑백 사진 속 웃음처럼 희미하고,
첫사랑의 풋풋한 과일처럼 달콤하다

창가에 쌓인 먼지는 고독한 시간의 흔적처럼 보이
고,
그 위로 비치는 햇살은 향기를 조심스럽게 쓰다듬
는 손길 같다
그 손길에 실려 오는 향기는
사랑의 속삭임이자, 이별의 눈물이었다

이제는 덧없는 추억의 나비가 되어
창가에 날아와 잠시 앉았다 간다
시간의 강물은 계속 흘러가지만,
향기는 보이지 않는 닻처럼 나를 붙잡아
과거의 항구에 잠시 머물게 한다

수제비 한 숟갈

두 손으로 빚어낸 하얀 조약돌이
펄펄 끓는 은빛 강물 위로 뛰어들어
숨 막히게 하얀 춤을 추네

멸치 육수의 따뜻한 품에 안겨
투명한 속살을 비치는 달무리 같기도 하고,
입안 가득 차오르는 눈꽃처럼 사르르 녹아내려

김 서린 숟가락은 작은 배가 되어
그리움의 강물을 건너
잊고 지냈던 사랑의 섬에 닿는다

한 숟가락에 담긴 엄마의 마음이
식어버린 가슴에 새싹처럼 돋아나고,
텅 빈 마음은 포근한 솜이불처럼 따뜻해지네

삶의 무게에 짓눌려 잊고 살았던
소박하고 따뜻한 추억의 조각을
천천히 씹어 삼키는 밤

무소유

텅 빈 손은 비로소
하늘을 품고
바람을 잡는 그물망이 된다
모든 것을 쥐려는 욕심의 주먹을 펴자
세상은 거울처럼 내게 돌아왔다

마음속 짐을 내려놓으니
나는 비로소 가벼운 깃털이 되어
바람결에 흔들리며 더 높이 날아오른다
소유의 밧줄에 묶여 허우적대던 삶은
이젠 맑은 시냇물이 되어
아무것도 담지 않고 흘러간다

버린다는 것은 버려지는 것이 아니라
채워지는 것이다
내가 비울수록
우주의 숨결이 내 안에 가득 차오른다

가진 것이 아무것도 없어야
모든 것을 가질 수 있음을
비로소 깨닫는다

낡은 신발

낡은 신발 한 켤레
긴 시간을 함께했네
수많은 길을 걸어오며
내 발을 지켜준 친구

때론 비에 젖고
때론 흙먼지 뒤집어쓰고
하지만 단 한 번도
날 버리지 않았네

이제는 구멍이 뚫리고
밑창은 닳아 사라져도
소중한 추억들,
그 안에 고스란히 남아있네

낡은 신발이여,
고마워

내 삶의 모든 발걸음에

함께해 줘서

원두막

푸른 바다의 섬,
낮은 파도 소리 들려오는
그늘진 닻을 내린 배
밭의 한가운데,
지친 농부의 눈동자에
오아시스가 피어납니다

햇살은 뜨거운 화살이 되고
그 화살을 막아주는 방패
땀방울은 보석이 되어
은빛 줄기 타고 흐를 때,
원두막은 숨 막히는 정오의
달콤한 쉼표가 됩니다

밤이 되면
모깃불은 별들의 춤사위
원두막은 은하수를 품고

밤하늘의 등불이 되어
외로운 들판을 지킵니다

할아버지의 굽은 허리처럼
세월을 켜켜이 쌓아
오늘도 그 자리에 서 있습니다

낡은 외투

차가운 바람이 옷깃을 스치면
낡은 외투 한 벌이 생각난다

색 바랜 갈색 천 위로
세월의 주름이 깊게 패여 있고
헤진 실밥 사이로
지난날의 이야기가 새어 나온다

어린 시절 아버지의 등에서 보았던
세상에서 가장 넓고 따뜻했던 품
수많은 눈비와 바람을 막아주던
단단하고 든든한 방패였다

이제는 낡아 닳아버린 외투
그 흔적 속에서
아버지의 온기 어린 사랑을 느낀다

낡은 외투는
세상 모든 것을 품고 지켜주었던
아버지의 삶 그 자체다

이별 속의 사랑

사랑은 붉은 장미였네
가시에 찔려 아파도
향기에 취해 행복했던 날들
이제는 시들어버린 꽃잎처럼
창백한 추억만이 남았네

너와 나의 이별은
끝없이 펼쳐진 바다
나는 그 위를 떠도는
조각배 한 척이 되어
네가 없는 수평선을 바라보네

하지만 파도 속에는
너의 웃음소리가 숨어 있고
바람결에는 너의 향기가 묻어 있네
이별이라는 폭풍우가 지나간 뒤에도
사랑은 푸른 해초처럼

내 마음 가장 깊은 곳에
뿌리내리고 있었네

그리움은 밤하늘의 별
아무리 눈을 감아도
어둠 속에 더욱 빛나는
너라는 이름의 별
이별은 사랑의 끝이 아니라
사랑이 모습을 바꾸어
영원히 빛나는 방식임을
이제야 깨닫네

어둠이어도 꽃은 핀다

차가운 밤의 심연에
별 하나 길을 잃을 때

빛 한 줌 없이 잠든 대지
모두가 숨죽여 고요할 때

뿌리 깊이 스며든 침묵
그 속에서 너는 꿈틀거린다

보이지 않는 곳에서
작은 봉오리를 맺고
마침내, 세상 가장 어두운 시간에
향기로 피어난다

어둠은 너를 삼키지 못하고
오히려 너의 색을 더 선명하게 칠한다
그러니, 어둠이어도

꽃은 핀다
너는 피어난다

펜이 써 내려가지

종이 위에 검은 점이 톡
외로운 방랑자, 여정을 시작하네

한 글자, 또 한 글자
밤의 강물처럼 조용히 흐르며
고독한 마음을 풀어놓는다

고요한 시간 속
펜은 내 손의 닻이 되고
종이는 끝없는 바다가 된다

그 위를 항해하며
나는 잃어버린 섬을 찾는다

검은 흔적들이 모여
작은 우주를 만들고
그 안에서 시는 숨을 쉰다

펜의 떨림은 나의 고백이 되고
종이의 여백은 나의 침묵이 된다
밤은 깊어지고
펜의 춤은 계속된다

마음의 무게를 덜어내고
새로운 아침을 기다리며
나는 또 하나의 시를 쓴다

마음이 책이었다면

마음이 책이었다면,
내 안의 모든 페이지는
너로 가득 채워졌을 거야

표지에는 너의 미소를,
첫 장에는 떨리던 너의 이름을,
목차에는 너와 함께했던 순간들을
어떤 날은 행복으로 빛나는 낭만 소설,
어떤 날은 그리움으로 눈물짓는 비극 시

마음이 책이었다면,
너는 나의 유일한 독자였을 테고,
나는 너를 위해 매일 사랑을 썼을 거야

마음이 책이라면

마음이 책이라면,

나는 한 권의 서점
수많은 마음의 책들이 빼곡히 꽂혀있지

어떤 책은 눈부시게 빛나고,
어떤 책은 먼지가 쌓여 희미해
어떤 책은 비밀스럽게 덮여 있고,
어떤 책은 페이지가 닳도록 읽혔네

그러나 그 어떤 책도,
네가 들어와 펼쳐보기 전까지는
진정한 나의 이야기가 되지 못했네

너의 손길이 닿아야 비로소,
나의 모든 장이 펼쳐지고,
새로운 이야기가 시작되네

가을은 붓을 들었나

하늘부터 물들이는
푸른빛 한 방울, 쪽빛 두 방울
그리움 한 줌, 아쉬움 한 줌
가만히 풀어 넣고
바람으로 휘휘 저어
가을 하늘을 빚어낸다

산은 붓을 든 가을에게
붉은 물감 내어주고
숲은 노란 잎으로 화답하며
세상 모든 색을 꺼내어
가을 팔레트 가득 채운다

붓질은 멈추지 않고
강물 위로 번져
물결 따라 흔들리는 노을
가슴속까지 스며드는

깊은 울림으로 다가선다

마침내,
한 폭의 그림이 완성되고
가을은 붓을 내려놓는다
그림은 말없이 계절을 담고
우리는 그 안에서
또 다른 가을을 시작한다

낡은 사진 속 웃음

낡은 사진 속 웃음

빛바랜 사진 한 장 꺼내어
손가락으로 쓸어본다
그때의 나는 이토록 환하게 웃고 있었네
시간은 멈춰 있지만
네 목소리는 귓가에 맴돌고
네 손의 온기는 아직도 남아
가슴 한 켠을 데운다

그리움은 오래된 앨범 속
말라버린 꽃잎처럼
바스러질 듯 연약하고
가만히 놓아둘수록
더 깊은 향을 내뿜는구나

잊었다고 믿었던 순간들이
문득 고개 들어 나를 보네
따뜻했던 날들의 기억들이
차갑게 식은 공기 속에서
다시 살아나
내 마음을 어루만진다

돌아갈 수 없는 그 시간,
너와 함께 걷던 길 위에서
나는 여전히 너를 기다리고 있다
밤하늘 가장 빛나는 별이
혹시 너일까
가만히 물어보며

달빛의 정원

가을밤은 덧없이 흘러가는
투명한 유리 시계와 같아
모든 소음이 잠든 시간,
달빛은 고요를 타고
밤의 창을 두드린다

하얀 달빛은 세상의 모든
슬픔과 기쁨을 덮는 하얀 천
구름의 강물은 바람에 휩쓸려가고
달은 물결처럼 일렁이는
밤하늘의 외로운 조약돌

고요는 묵음의 악보처럼
흐릿한 음표들을 그려내고
내 마음은 그 악보 위를 걷는
검은 발자국이 된다

달빛 아래,
시간의 모래는 조용히 흘러내리고
모든 기억은
달빛처럼 희미한 연기가 되어
어둠 속으로 스며든다

마음에 형체 없는 화살이 꽂혔다

소리 없이 날아와
어둠 속을 가로지른
무게 없는 통증이 심장을 훑고 지나
가슴 한복판에 박힌다

피 한 방울 흐르지 않고
상처 하나 남지 않은 채
오직 내 안에서만 깊어지는 이 고통
손댈 수도, 뽑아낼 수도 없는
투명한 쇠붙이

그것은 때로 잊혀진 약속의 잔해이고,
때로는 닿을 수 없는 그리움의 흔적이며,
또 때로는 나조차 몰랐던
진실의 깨달음이었다

나는 이 화살을 품고
태연한 얼굴로 하루를 살아낸다
아무도 보지 못하는 이 흉터를
나만이 아프게 매만지며
밤이 되면 더 선명해지는 화살촉의 냉기,
그 차가운 통증이 나를 일깨운다

아, 아직 살아 있구나,
아직은 아파할 수 있구나

그림에 가둔 눈물

검은 붓으로 덮어버린 기억
지워지지 않는 얼룩처럼 번져
파란 물감 속에 스며든 그리움

캔버스 위로 흐르는 물방울
마르지 않는 시간의 강물
가슴을 찌르는 날카로운 슬픔

하얀 여백에 가둔 너의 미소
덧칠하는 그림자
숨 막히는 어둠 속에 갇힌
못다 한 말들

바람이 불어와 그림을 흔들고
사무친 그리움에 젖어
혼자 우는 밤

다시 돌아갈 수 없는 시간

그림에 갇혀버린

나의 눈물

햇살이 가둔 구름

햇살은 거대한 거미줄,
그물에 걸린 구름은
깃털처럼 가벼운 포로

하늘은 푸른 물감으로 그린
한 폭의 그림이었고,
구름은 그 위에 핀 하얀 꽃
그러나 햇살이 그린 창살에 갇혀
시들어가고 있네

햇살은 뜨거운 사랑,
구름은 사랑에 빠진 연인
사랑의 열기에 몸 바쳐
조금씩 사라져가는,
사랑 때문에 녹아내리는
눈물처럼 하얀 존재

하늘은 거대한 감옥,
구름은 갇힌 죄수
햇살은 간수처럼
그림자를 매달아 놓고
창살 사이로 스며드는
희미한 빛으로 고문하네

바닷속에 숨은 햇살

물 속으로 잠긴 태양의 눈물,
무지개로 부서져 내리는 숨결
바다는 그 눈물을 온몸으로 안아
은밀한 사랑의 빛깔을 품는다

하늘의 유리창을 뚫고 온 햇살은
푸른 물감 속에 번지는 잉크처럼
조용히 퍼져나가고,
숨죽인 조개 속 진주처럼 빛을 모은다

물고기 떼는 은빛 붓으로 그린
유려한 곡선이 되어
햇살의 길을 따라 흐른다

산호초는 태양의 흔적을 담은
고대 도시의 유적처럼
신비로운 그림자를 드리운다

파도는 햇살의 거친 숨소리,
그러나 바다 깊은 곳은
세상의 소음이 닿지 않는
고요한 침묵의 박물관이다

그곳에 햇살은
먼 옛날부터 전해 내려온 전설처럼
따뜻한 손길로
바다의 상처를 어루만진다

깊은 어둠 속,
햇살은 투명한 황금 실이 되어
바다의 비밀을 조용히 엮어가는
보이지 않는 시인이다

추억의 빈 테이블

어둠이 내린 빈 테이블에
외로운 달빛 한 조각 걸터앉는다
수많은 이야기 품고 있던 자리,
따스한 손길 나누던 그곳에
이제는 차가운 공기만이 맴돈다

컵에 담겼던 온기,
잔에 남아있던 향기,
웃음과 속삭임으로 가득 찼던
공간의 옅은 잔향이
바람에 흔들리는 촛불처럼 위태롭다

모두 떠난 자리,
마음의 빈 공간처럼 허전하다
하지만 나는 안다,
이 빈 테이블은 사라지지 않는다는 것을

사랑했던 순간들이
유리잔 속 얼음처럼 녹아내려도,
마음속 깊은 곳에
테이블의 온기는
영원히 남아
나를 위로할 것을

'가로수 아래 핀 들꽃'

가로수 아래, 굳은 아스팔트의 강가에
작은 뗏목 하나가 홀로 떠 있네

이름 없는 들꽃, 그대는
세상의 험한 물결을 견디는 용감한 사나이

도시의 거대한 뼈대,
높이 솟은 가로수들의 숲 아래,
그대는 초록의 눈물로 핀
하늘의 조각배

밤이 되면 가로등은
금빛 실을 뽑아내어 그대에게 옷을 입히고,
바람은 그대의 작은 고백을 실어 나르는
투명한 손수건

모두가 잊어버린 틈새,
숨 막히는 콘크리트의 감옥 속에서
그대는 자유를 노래하는 작은 새
가만히 귀 기울이면,
그대의 침묵은
세상에서 가장 아름다운 시가 되네

밤의 연주

어둠은 짙은 벨벳 커튼처럼 세상을 덮고,
달빛은 은빛 실타래처럼 창가에 스며든다

고요는 묵직한 거울이 되어
나의 내면을 비추고,
바람은 투명한 손가락이 되어
낡은 피아노 건반 위를 훑는다

먼지 쌓인 낮은 음들은
잠 못 드는 영혼의 한숨처럼 흩어지고,
밤의 심장박동처럼
아련한 멜로디가 맥박을 켠다

추억들은 물방울처럼 건반 위에 맺히고,
그리움의 선율은 강물처럼 잔잔히 흐른다

이 밤이 연주하는 노래는
어두운 숲속에서 길 잃은 사슴처럼
방황하는 마음을 감싸는
따뜻한 안개와 같다

차가운 공기 속에 흩어지는
가장 뜨거운 속삭임,
그것이 바로 밤이 건네는 위로이다

갇히지 않는 노래

높은 바위 절벽이
푸른 병풍처럼 겹겹이 둘러서서
그대의 깊은 품에 안긴 폭포여,
그대는 하얀 비단 폭을 쏟아내리네

산은 거친 물살을 꽁꽁 묶어두려
고요히 흐르는 강물을 가두려 했지만
폭포가 켜는 시원한 노래는
막을 수 없었나 봅니다

물방울 하나하나에 실린 그리움
바위에 부딪히며 터지는 아픔
그 모든 소리들이 모여
마음의 울림이 되어 세상 밖으로 퍼지니

그 소리는 갇히지 않는 새처럼
바람을 타고 자유로이 날아

들꽃이 춤추는 들판으로

외로운 이의 마른 가슴으로 스며드네

산은 폭포를 가두었지만

그 안에 담긴 맑은 노래는

영원히 흐르는 강물처럼

이 세상 모든 이의 귓가에 속삭이네

미로에 갇힌 나침반

기억은 낡은 필름처럼 켜켜이 쌓여
돌아갈 수 없는 계절의 풍경을 상영한다

추억은 끈적한 꿀과 같아서
달콤함에 취해 몸부림칠수록
더 깊은 늪으로 가라앉는 나의 발걸음

내 마음은 고장 난 나침반
어느 방향으로 걸어도
결국 너라는 북극성만 가리킨다

유리병 속 돛단배처럼
세상의 파도에 휩쓸리지 못하고
그때 그 자리, 그 시간이라는
고요한 바다에 홀로 떠 있다

모래성을 쌓듯

너를 지우려 애써도
밀려오는 그리움의 파도가
모든 것을 집어삼키고
다시 제자리로 되돌린다

나는 그저
빛바랜 사진 속에 머무르는
한 마리 새일 뿐
날아갈 자유를 잊은 채
너의 미소를 조각하며
영원한 박제처럼 서 있다

붉은 노을의 속삭임

태양이 기울어
세상은 붉은 물감으로 번진다

산등성이는 붓질로 그린 검은 그림자,
강물은 녹아내리는 핏빛 노을을
조용히 품고 흐른다

하루의 소란은
마지막 잎새처럼 떨어져 내리고
고요는 텅 빈 마음속에 스며드는
따뜻한 한 모금의 차와 같다

빛은 잠든 나무 위에서
아득한 꿈처럼 흔들리고
바람은 이별을 노래하는
나지막한 속삭임이 된다

어둠이 세상의 장막을 내리면
별들은 슬픔에 잠긴 눈물처럼
하나둘 하늘에 박히고
밤은 그렇게
낮의 이야기를 덮는
검은 이불이 된다

가을이 스쳐 가는 자리

노을이 툭, 터지며 쏟아낸
주홍빛 물감은
세상의 모든 것을
슬프도록 아름답게 물들인다
하늘은 마치 핏빛 사과처럼 익어
금방이라도 떨어질 듯 위태롭고,
바람은 투명한 칼날이 되어
마음의 살갗을 베고 지나간다

계절의 서랍을 열자
추억은 마른 꽃잎처럼 바스락거린다
어느새 빛바랜 사진 속의 우리는
희미한 그림자들로 남았고
사랑은 텅 빈 잔에 고인
쓰디쓴 와인처럼 목구멍을 타고 흐른다

삶은 한 편의 연극처럼 막을 내리고
무대 위에는 찬란했던 불꽃놀이의
식어버린 잔해들만이 흩어져 있다
나는 그 위를 걷는
마지막 배우가 되어
다가올 겨울이라는 이름의
백지를 향해 걸어간다

창가에 머문 미소

어둠이 깁스를 한 밤, 창가에 기대어 앉은 나의 시
간은 조용히 멈춘다
거리의 가로등은 희미한 눈물처럼 번져 있고, 그 빛
을 머금은 유리창은 검은 호수처럼 고요하다
그 호수 위에 떠오르는 것은, 네 미소라는 은은한 달
그 미소는 마치 먼 바다에서 들려오는 파도 소리처
럼, 나의 메마른 가슴을 부드럽게 적신다

너의 미소는 갓 끓여낸 향기로운 차 한 잔 같아서,
차가워진 나의 마음을 온기 가득 채운다
그 미소 한 모금에, 내 삶은 오래된 흑백사진에 색
이 입혀진 듯 선명해진다
봄의 햇살처럼 따뜻하고, 여름 소나기처럼 청량하
며, 가을의 낙엽처럼 깊은 사색을 불러일으킨다
네 미소는 내게 비옥한 대지였고, 그 위에 피어난
그리움은 뿌리 깊은 나무가 되어
어둠 속에서도 굳건히 서 있다

네 미소는 더 이상 창가에 머물러 있는 단순한 그림
자가 아니다
그것은 마치 낡은 서랍 속에서 발견한 보물처럼,
내 삶의 가장 깊은 곳에 자리 잡아 반짝이는 작은
별이 되었다
창밖을 서성이는 바람은 그 별빛을 흩뿌리는 우주
의 손길이며,
나는 그 빛을 한없이 갈망하는 외로운 여행자가 된다

그 미소는, 밤이 내리는 창가에서 내가 꺼내어 볼
수 있는 유일한 위로이자,
아침이 오는 것을 두려워하지 않게 만드는 용기다
너의 미소라는 섬광은,
나의 어둡고 긴 터널 같은 밤을 환하게 비추는 등대
처럼 빛나고 있다
그리고 나는 그 빛을 향해 조심스레 발을 내디딘다

햇빛이 잠시 머문 향기

창가에 기대앉은 오후,
나의 시간은 모래시계처럼
천천히 부서져 내린다
먼지 낀 유리창에는
어제의 풍경이
아지랑이처럼 일렁이고,
흐릿한 잔상들이
고요히 숨을 쉰다

바람이 스쳐 지나간 자리,
그곳에 네가 놓고 간 향기가 스며든다
들꽃 내음이던가,
젖은 흙의 향기던가
아니, 그보다 더 투명한,
너는 나에게 햇살이었나 보다

손 닿을 수 없는 너의 기억들이
마른 나뭇잎처럼 바스락거린다
우리의 이야기는
낡은 서랍 속에서 잠들어 있는
빛바랜 사진들처럼
희미하게 일렁이고

가끔씩 불어오는 바람에
흩어지는 꽃잎처럼
너의 웃음소리가 들려오는 듯하다
그 모든 순간들이
햇빛이 머물렀던 자리마다
향기로 남아
나의 외로운 시간을 감싸안는다

햇빛의 노래

햇빛은 오늘의 노래를 마친다
그것은 마치 무대 위를 내려오는 대스타처럼,
뜨거운 환호와 박수갈채를 뒤로 하고
서쪽 하늘의 장막 속으로 걸어 들어간다

종일토록 세상을 비추던 그 빛은,
황금빛 붓으로 그려낸 하루라는 거대한 수채화였다
이제 붓은 놓이고, 물감은 고요히 마른다
노을은 세상의 마지막 악보를 태우는 불꽃이다

붉은 멜로디가 하늘의 끝에서 서서히 타들고,
긴 그림자는 이별을 아쉬워하는 검은 애가처럼 땅
에 엎드린다

빛은 문을 닫고 떠나는 따뜻한 손님이다
그가 남긴 온기는 차 한 잔 속의 김처럼 잔잔히 피
어오르며,

고요라는 투명한 유리잔에 채워진다

모든 소음이 잦아들 때,
어둠은 내일의 노래를 담을 빈 페이지처럼 펼쳐진다
햇빛이 남긴 침묵은 가장 깊은 여운의 화음이 되어
내 가슴 속에 오래도록 울려 퍼진다

별은 어디로 숨었나

밤하늘을 펼치면
수많은 이야기가 피어나던 자리,
오늘은 텅 빈 먹물 같네

수천의 눈빛이 쏟아지던
그 검푸른 벨벳 장막에
무슨 일이 있었던 걸까

은하수는 길을 잃었는지,
아니면 서둘러 잠이 든 건지
익숙했던 반짝임들이
하나, 둘, 흔적도 없이 사라졌다

아아, 너는 알까
길잡이가 되어주던 그 작은 불빛들이
내 마음에 심어준 그리움을
이 어둠 속에서

나는 허공에 손을 뻗어본다

별들은 대체 어디로 숨었나
구름 뒤에 잠시 쉬고 있는 것일까,
아니면 너무 멀리 떠나
내 시선이 닿지 않는 곳에 다다른 것일까

혹은,
내가 너무 오래 땅만 보며 걸어
하늘을 올려다보는 법을 잊은 것은 아닌지
숨어버린 너에게 묻는다

이 밤,
나 홀로 적막 속에 서서
무너진 꿈의 조각들을 줍고 있다고
다시 한번,
눈부신 빛으로 나를 찾아와 줄 수 있을까

산이 내보낸 햇빛

검푸른 잠을 걷어 올린 산
묵언의 거인처럼 홀로 서서
아직 어둠이 짙게 깔린 세상을 굽어본다

이윽고,

산의 가슴속 깊은 곳에서
황금빛 숨결이 새어 나오네

첫 햇살이 찰랑이는 아침,
그 빛은 산등성이를 부드럽게 쓰다듬으며
세상으로 흘러내린다

차갑던 골짜기에 온기가 돌고
이슬 머금은 풀잎마다 보석처럼 영롱한
작은 불꽃이 피어난다

나무 그림자는 길게 누워
밤새 쌓인 고요를 나누고,
이내 환희로 물든 하늘 아래
대지는 새로운 하루를 맞이한다

산이 내보낸 햇빛은
나의 창을 넘어와
어제 지쳤던 마음의 그늘까지
따스하게 씻어주네

새벽의 창가에 향기가 문을 두드리네요

고요는 밤의 깊은 바다처럼 창밖을 덮고,
새벽은 아직 잠든 세상의 가장자리에
투명한 베일처럼 살포시 내려앉아 있습니다

창문은 세상과 나를 가르는 얇은 꿈의 막이요,
그 유리 위로 향기가 찾아와 은빛 손님처럼
가볍게, 그러나 분명하게 문을 두드리네요

향기는 눈에 보이지 않는 물결이 되어
나른한 공기를 천천히 헤엄쳐 들어옵니다
그것은 숲속 요정의 속삭임이며,
잊었던 첫사랑의 편지처럼 가슴을 울립니다

라일락의 보랏빛 고백, 장미의 붉은 열망,
이 모든 것이 새벽이슬을 머금은 채
작은 오케스트라를 이루어 연주합니다

내 영혼은 굳게 닫혔던 오래된 서랍 같아서,
이 달콤한 열쇠가 닿자마자 스르륵 열립니다
어둠은 이제 젖은 먹물처럼 창가에서 물러가고,
희망의 씨앗이 따뜻한 흙 위로 솟아오르듯
새로운 하루가 꽃처럼 피어납니다

이 향기는 시간의 강물 위에 떠다니는
가장 아름다운 돛단배입니다
나를 고요의 항구에서 기쁨의 수평선으로
부드럽게 이끌어 가네요

푸른 유리처럼 맑은 날

하늘은 푸른 유리처럼 맑다
어떤 근심도 닿지 않은 천상의 거울이며,
고요가 빚어낸 거대한 성소이다

구름은 지난날의 기억처럼,
잠시 머물다 사라지는 덧없는 꿈결과 같아,
그 모든 몽환이 걷힌 순수의 들판이다

내 마음속 호수도 이 푸름을 닮아
잔물결 하나 없이 평온하다

갈대처럼 흔들리던 번뇌의 그림자는
빛 아래 녹아 사라진 아침 이슬 같고,
오직 투명한 침묵만이 수면 위를 감싼다

태양은 모든 것을 사랑하는 눈빛으로 쏟아지고,
나는 그 따스한 시선을 고스란히 받아들이는

텅 빈 그릇이 된다

창공은 빈 페이지처럼 깨끗하여,
이제야 비로소 나의 진실을 써 내려갈 수 있다

슬픔은 먹구름이었고, 희망은 푸른빛이었음을
구름 한 점 없는 것처럼, 솔직하고 단순하게
이 고요한 찰나는,
모든 잡음이 멎은 영혼의 휴식처이다

고장 난 낡은 시계

벽에 박힌 채 숨 멎은 심장처럼,
너는 오래전 멈춘 시간을 냉동 보존한다
째깍거리던 숨결은 녹슨 태엽처럼 삭아
침묵이라는 흰 붕대로 온몸을 감쌌네

유리창은 세상의 먼지를 모아 만든 얇은 막이 되어
너의 과거를 뿌옇게 가리고,
시침과 분침은 십자가처럼 겹쳐진 채
어느 찬란했던 과거의 묘비명이 되었다

시간의 폭포가 쏟아져 내려도,
너의 부서진 톱니바퀴는 이제
그 물줄기를 거부하는 단단한 바위이다

흐름을 잃은 강처럼, 고요한 웅덩이처럼,
네 안에는 잊힌 추억만이 금붕어처럼 유영한다
너는 기억의 저금통이다

나만이 아는 비밀스러운 시간의 무덤이다
소리 없는 너의 존재 자체가
영원은 결국 멈춤의 또 다른 이름임을
나지막이 일러주는 오래된 스승 같구나

낡은 자전거의 휴식

바람의 등을 타고 달리던 철마는 이제
시간이라는 녹에 갇힌 채 고요하다

체인은 멈춰버린 세월의 톱니바퀴 같고,
핸들은 놓쳐버린 꿈의 방향타인 양 힘없이 기울었네

닳아버린 검은 고무 타이어는
수많은 길 위에서 흘린 젊음의 땀방울을 기억하는 듯
안장은 주인의 삶의 무게를 견뎌낸 작은 의자가 되어
벽에 기댄 채, 은퇴한 노병처럼 숨을 고른다

햇살이 바퀴살 틈을 비집고 들어와
마치 금빛 실타래처럼 먼지 덮인 차체를 감싼다

페달을 밟을 때 들리던 금속의 노래는
이제 추억이라는 먼 그리움이 되어 고요의 심장 속
에 잠들었다

녹슨 자전거는 마당 한 켠의 시간 박물관
그 모습은 묵언의 철학자와 같아라

휴식은 더 이상 멈춤이 아니라,
과거라는 지도를 펼쳐 미래를 그리는 성숙한 사색
이네

비가 숨긴 햇살

젖은 유리창에 기대어
세상은 온통 물빛 장막

투명한 커튼 너머
흐릿한 회색 그림자들이
웅크린 채 숨 쉬고

하지만 알아
저 두꺼운 구름 뒤에
금빛 숨결이 쉬고 있음을

빗방울 하나하나가
땅에 닿아 사라지는 모습은
마치 찰나의 고백 같아

빛을 머금은 기억들은
더 깊이, 더 진하게 새겨지고

이 축축한 고요는
마치 세상이 잠시 멈춘 정지 화면

정화의 눈물을 흘리며
내일의 찬란함을 준비해

네 어깨를 적시는 이 비는
실은 가장 눈부신 약속이야
잠시 숨겨둔 햇살은
마음속에서 뜨거운 갈망처럼 타올라

언젠가 물기를 털고
세상을 다시 비출 그 순간까지
조금만 더 이 서늘한 기다림의 방에서
머물자

빛의 실종

하늘은 잿빛 벽이 되어 덮치고,
햇빛은 철 지난 연인처럼 모습을 안 보여주네
온 세상이 묵언수행에 든 수도승 같아,
고독이라는 무거운 솔을 어깨에 두르고

나의 창은 기억을 잃은 빈 유리 조각,
투명한 그리움만 닦아내고 서 있지
어쩌면 빛은 지금 먼 여행을 떠났을까,
다시 오지 않을 약속을 남기고 사라진 배처럼

길가에 선 나무들은 침묵의 악단,
가지라는 긴 손가락만 허공에 저으며
잃어버린 노래를 더듬고 있네

기다림은 시간의 차가운 못이 되어
가슴에 박히고, 깊숙이 아려와
하지만 밤의 거대한 그림자 속에서도,

내 안의 작은 등불은 깜빡이며 속삭이지

빛은 숨바꼭질의 능숙한 선수일 뿐이라고
곧 황금물결이 어둠이라는 커튼을 걷어내고
세상에 다시 태어날 아침이 올 것이라고

사랑의 흔적

가슴에 새겨진 그대 이름처럼,
사랑은 흔적을 남깁니다
바람이 스쳐 간 자리에도
꽃잎은 향기를 놓듯

뜨거운 입술이 머문 자리에
잔잔한 미소가 피어나고,
함께 걸었던 발자국 위에는
그리움이라는 풀이 돋아납니다

시간의 물결이 모든 것을 씻어도,
마음 깊은 곳에 가라앉은
기억의 조각들은 반짝입니다

서로의 눈빛이 마주쳤던 찰나,
세상이 멈춘 듯 고요했던 순간들

헤어짐이 남긴 아픔마저도
사랑이었다는 증거가 되어,
내 삶의 지문처럼 뚜렷하게
영혼에 새겨진 채 남아있습니다

그 흔적들을 따라가면,
나는 다시 그대를 만납니다

밝은 달이 하늘을 감싸네

어둠은 짙은 먹빛 휘장처럼 드리우고,
그 가운데 둥근 달이 홀로 떠오르네
은쟁반처럼 깨끗이 닦인 얼굴,
온 하늘을 감싸는 투명한 축복일세

달빛은 조용히 세상 위로 부서져
마치 흰 비단실처럼 밤을 수놓는다
차가운 대기 속에서도 따스한 어머니의 품 같아,
지친 모든 것을 고요히 안아주는 포옹일세

강물 위 달그림자는 쉼 없이 흐느끼는 듯,
그러나 물결은 수천의 은화처럼 반짝인다
이는 달이 강물에게 건네는 비밀의 동전이라,
고요와 평화를 속삭이는 목소리이리

나뭇잎 사이로 새어드는 빛줄기는
금빛 칼날이 아닌, 부드러운 날개와 같아

어둠 속 그림자를 조심스레 걷어내며
세상의 고독마저 둥글게 어루만진다네

아, 달이여, 그대는 밤의 등대이자 영혼의 거울이여
내 마음의 깊은 우물 속에 조용히 내려앉아
맑고 깨끗한 진실만을 비춘다네

모든 시름과 근심을 가벼운 연기처럼 날려 보내고,
오직 서정적인 잔잔한 파문만을 남긴다
하늘을 가득 채운 고요한 장엄이여,
밝은 달이여, 그대는 밤의 가장 아름다운
서곡일세

숨 쉬는 정지선

발아래 하얀 선이
강물처럼 조용히 흐느낄 때가 있습니다

우리는 모두 그 가장자리에 서서
아무 말 없이 다음 페이지를 기다립니다
붉은빛은 서두르지 말라는
오래된 스승의 눈빛 같습니다

멈춘다는 것은 어쩌면,
떠나보낸 이의 뒷모습을
마침내 온전히 기억할 시간을 얻는 일

초록의 순간,
가슴 속 깊이 묻어둔 물음표들이
일제히 대답을 찾아 움직입니다

저마다의 보폭으로,
누구도 방해하지 않는 침묵 속에서
건너가는 저 발걸음들,
모두가 누군가를 향한 간절한 편지입니다

이편과 저편 사이, 짧은 여정은
닿을 수 없는 마음에 닿으려는
은밀하고 고독한 비행입니다

다시 붉어지면, 세상은
잠시 묵념의 시간을 갖습니다

텅 빈 아스팔트 위에
겨우 한두 줄 남은 발자국만이
어떤 만남이 방금 지나갔는지
아주 낮은 목소리로 속삭입니다

사랑은 나룻배였나

사랑은 나룻배였나, 당신과 나를 이어주던
시간의 강물 위에 뜬, 운명의 잎사귀 같은 배
노를 젓던 우리의 손길은 약속이었고,
마주 보던 눈빛은 잔잔한 호수였지

그리움은 안개처럼 짙게 피어올라
강변을 감싸안았고,
기쁨은 햇살이 되어 물결 위에 부서졌네

불안은 거센 물살이 되어 때론 배를 흔들었으나,
서로의 숨결은 돛이 되어 우리를 밀어주었지
이별은 닿을 수 없는 강 건너 마을이었나

나룻배는 뭍에 닿아 침묵의 화석이 되었고,
당신의 웃음은 멀어지는 물새의 울음처럼
아스라이 강물 위를 떠돌았네

이제 나는 강가의 그림자로 남아
추억이라는 젖은 짐을 홀로 내려놓고 서성이네
사랑은 단 한 번의 항해였나,
영원이라는 이름의 지도에는 없던
덧없는 물의 꿈이었나

가슴은 빈 나룻배처럼 텅 비어
후회라는 파도만 하염없이 일렁이네
사랑은 나룻배였네, 잠시 내게 왔다가
영원히 나를 지나쳐 간

만약 내가 한 권의 책이었다면

나는 책장의 그림자 속에
숨 쉬는 낡은 책이었으면
표지는 밤의 색깔로 짙고,
세월의 먼지가 내려앉은 고요였으면

속삭이는 듯한 활자들은
가슴 속 가장 깊은 비밀 같아서,
모두에게 열리지 않는 문장들로
오래된 꿈을 간직하고 싶네

밑줄 그어진 구절마다
어느 날의 붉은 노을이 스며 있고,
접힌 페이지 귀퉁이엔
숨 막힐 듯한 사랑의 고백이 접혀 있으리

날 읽는 이의 눈빛은
메마른 강에 비치는 달빛처럼

따스하고 깊은 사색이기를 바라네

그 손길이 닿을 때마다,
지친 영혼에 내리는 부드러운 단비가 되어
작은 위로를 건네고 싶네

다 읽고 덮인 후에도
가슴 속에 머무는 긴 여운처럼,
나는 영원히 끝나지 않는
한 편의 서정시이고 싶네

그대 삶의 가장 아름다운 페이지로

젖은 창문에 맺힌 당신

창밖엔 비가 내립니다
세상은 먹빛 수묵화처럼 번져가고
내 마음은 젖은 흙처럼 무겁습니다

빗방울 하나하나가
당신의 목소리 같습니다
'톡, 톡' 닿을 듯 멀어지는
기억의 징검다리 위를 걷는 듯

옷깃에 스미듯 그리움이 파고들어
가슴 한복판은 늘 춥습니다
이 그리움은 강물 아래 숨은 돌처럼
비가 아무리 쏟아져도 씻겨나가지 않고
뿌리 깊은 나무의 침묵처럼
고요히, 그러나 단단히 박혀 있습니다

당신과의 추억은 투명한 웅덩이가 되어
가장 깊은 곳에 고여 있습니다
바람이 불어 표면이 흔들려도
그 아래 당신 모습은 또렷합니다

빗줄기는 세월처럼 하염없이 흐르는데
나는 이 비를 맞으며
당신을 지우는 대신
더욱 선명하게 그려 넣습니다
운명처럼 굳어진 이 그리움을

비는 언제 그칠까요
아니, 내 안의 당신은
언제쯤 내릴까요

이 젖은 그리움의 노래가
당신의 마음에 닿을 때까지
나는 빗소리에 젖어 홀로 기다립니다

서성이는 바람

집 문을 열고 나선 순간,
문턱을 넘는 발끝에 닿는
공기의 무게가 평소와 다르다

분명 해는 떴는데
기척 없이 그림자 진 곳에
차가운 숨결이 숨어 있다가
나를 본 듯,
가을의 끝자락을 닮은 쌀쌀함이
주위를 서성이고 있네

아직은 따뜻한 온기가 좋아
가슴에 품고 나온
느린 숨결들을 잠시 멈추게 한다

나무는 잎들을 떨굴 채비를 마치고
먼 곳을 응시하는 듯 고요하고,

바람은 그 앙상한 가지 사이를 맴돌며
무언가 할 말을 잊은 듯 서성인다

서성이는 바람의 물음에
나는 어떤 대답을 건네야 할까
계절의 이별을 담담히 맞이하라는,
그 쌀쌀한 권유에 고개를 끄덕인다

오늘은
왠지 모르게 조금 더
옷깃을 여미고 걸어야 할 것 같다
찬 바람 속에서
내 안의 따스함을 더욱 깊이 끌어안으며

첫 잎이 떨어진 자리

문지방을 넘는 순간,
벽 안의 시간과 밖의 시간이
서로 등을 돌린다
어딘가에서 왔는지,
아니면 머뭇거리는 내 발걸음을 따라왔는지,
투명한 손님이 귓가를 맴돈다

그는 말을 건네지 않고,
다만 식은 찻잔의 표정으로
내 주변의 공기를 만지고 있다
온기를 내어주었던 햇살들은
벌써 창백한 그림자가 되어
먼 산봉우리 뒤로 숨어버렸고,
이 길 위에는 떠날 채비를 마친 기차의
침묵만이 팽팽하게 감돈다

나는 어깨 위의 무게를 재보며
굳게 닫힌 서랍을 떠올린다
그 안에 넣어두었던
잊고 싶은 지난 계절의 기록이,
지금 이렇게 눈에 보이지 않는 미세한 얼음 가루가
되어
나의 외투 깃에 내려앉는 듯하다

발밑에는 낙엽 하나,
누군가 두고 간 희미한 편지처럼 바스락거린다
이 침묵의 대화를 따라
나는 굳이 고개를 돌리지 않고
어제와 조금 달라진 세상 속으로
마지막 남은 온기를 안고 걸음을 옮긴다

창가에 핀 봉선화

너의 손가락 끝마다 붉게 물들인
시간의 흔적들
햇살이 고왔던 여름날은 다 어디 가고
내 곁의 찬물에서 시린 계절을 겪었는가

창밖의 어린나무가
푸른 하늘로 가지를 뻗으려 할 때마다,
나는 혹독한 그림자가 되어
그 밑동을 묶어둔 밧줄을 보았다

부서진 유리 조각 위에 담았던
찬란했던 미래의 지도는
나의 어리석은 꿈으로 인해 얼룩졌음을
그 조각들을 가슴에 품고서야 알았다

가장 아끼는 것을 해방시키는 일
그것이 마지막 물을 주는 방법임을

이제 굳게 묶었던 끈을 풀어,
흐르는 강물에 띄워 보낸다

나의 품에서 쉬이 삭지 못했던
너의 순수한 씨앗들이
새로운 땅에 닿아 꽃을 피울 수 있도록
나는 여기서 오래된 흙이 되어
조용히 그 먼 여정을 응원할 뿐

다시는 마주칠 수 없는 바람이 되어도 좋다
너의 잎이 온전히 푸르다면
이 텅 빈 창가에는
늦은 후회만이 투명하게 스며들 것이다

강물에 띄운 그리움

당신을 기리는 마음은
강가의 해 질 녘 노을
뜨거웠던 빛깔들이 수면에 번져
차츰 식어가는 온기를 띄웁니다

내 안의 이야기는
강물 위에 던진 작은 돌멩이
묵직한 사연은 가라앉고
수면에 동심원만 조용히 퍼져나갑니다

파문은 닿을 듯 닿지 못하고 사라지지요
나는 다만,
강변에 가지런히 놓인 의자
오지도 않을 당신을 위해 비워둔 자리
그 허공에 기대어 미지근한 바람만 맞습니다

흐르는 강물 소리는
속삭임처럼 들리지만
실은 아무 말도 하지 않습니다
그저 흘러가는 시간의 발자국일 뿐

띄워 보내는 이 마음은
강물 위 이름 없는 꽃잎
어디서 왔는지, 어디로 가는지
알 수 없으나, 잠시 아름답게 표류하다
결국, 저 물결에 섞여 희미해집니다

그리움의 무게는
강물 바닥의 진흙처럼
아무도 보지 못하게 깊숙이 침전되어
조용히, 그리고 끈질기게 존재합니다
그것이 나만의 고백입니다

아버지의 노크

현관 디지털 도어락이
띠리릭 띠리리 작게 울린다
거실 소파에 누워 있던 나는
자동으로 시간을 확인한다
어제보다 늦은 귀가

잠시 후 방문 앞에 서서
아버지는 항상 똑같은 리듬으로
두 번 아주 힘없이 두드린다

톡 톡
저 노크는 묻는 말이다
아직 안 자니
혹시 배고프진 않니
오늘 하루는 괜찮았니
어린 시절처럼 큰 목소리로왔다
외치는 대신
노크로 나의 안부를 알려 했다

구두끈이 풀린 채 현관에 놓인
투박한 검은 구두였고
어깨가 축 처진 셔츠의 모습이었지만
노크는 항상 잊지 않으셨다

나는 자는 척 대답하지 않는다
대답이 꼬리를 물고 이어질까 봐
당신이 내 방문 앞에서
더 서성이지 않도록
노크는 그저 안부를 묻는
아버지의 가장 현실적인 방식이니까

몇 초 뒤 문 반대편에서
작게 한숨 쉬는 소리가 들리고
가만히 걸어가는 발소리가 멀어진다

복도 끝 안방 문이 닫히는 소리까지 듣고
나는 오늘 밤도 당신의 노크를
가슴에 얇은 솜이불처럼 덮는다

너라는 무덤에 나를 묻었다

까만 밤이 내려앉은 창가에 기대어
아직도 선명한 너의 모습을 그려
지울 수 없는 문신처럼 새겨진 기억
숨 쉴 때마다 아파오는 지독한 미련

너라는 무덤에 나를 묻었다
시간마저 멈춰버린 차가운 봉인 속
파도치는 세상의 소리 닿지 않는 곳
오직 너의 그림자만이 나의 비석인 채
너의 눈빛, 너의 목소리, 너의 숨결 아래
영원히 잠들고 싶은 슬픈 안식처
이젠 나갈 수 없어, 나가지도 않아
가장 깊은 곳에 나를 파묻었다

마른 꽃잎처럼 시들어버린 우리의 계절
아무도 찾지 않는 버려진 정원처럼
네가 떠난 자리엔 공허함만 가득해

그 허무마저도 너의 흔적이라 끌어안아
홀로 지키는 무덤가, 달빛만이 흐느끼고
지나간 약속들이 차가운 돌 위를 맴돌아
흩어진 조각들을 모아봐도 소용없어
결국엔 다시 네 이름만을 되뇐다

너라는 무덤에 나를 묻었다
시간마저 멈춰버린 차가운 봉인 속
파도치는 세상의 소리 닿지 않는 곳
오직 너의 그림자만이 나의 비석인 채
너의 눈빛, 너의 목소리, 너의 숨결 아래
영원히 잠들고 싶은 슬픈 안식처
이젠 나갈 수 없어, 나가지도 않아
가장 깊은 곳에 나를 파묻었다

혹시라도 네가 나를 잊지 못할까 봐
혹시라도 네가 다시 나를 찾아올까 봐
나는 이 어둠 속에서 숨죽여 기다려
영원이라는 이름의 긴 잠에 들었다 해도

돌아와 나를 깨워줘, 아니면
이 무덤의 흙이 되어 나와 함께 잠들어줘
너라는 무덤 나의 마지막 집
안녕 그리고 영원히

사랑은 장작불

내 가슴 한켠에 묻어둔 작은 불씨 하나
너의 눈빛 닿을 때마다 조심스레 숨을 쉬네
시간의 숲을 함께 걸으며 마른 장작을 모았지
차가웠던 날들의 끝에 드디어 온기를 만나

사랑은 장작불처럼 타올라
꺼지지 않을 붉은 심장처럼
서로에게 기대어 밤을 지새우는 따뜻한 이야기
활활 타올라 세상을 밝히네
우리만의 비밀스러운 불꽃처럼

처음엔 푸른 연기처럼 아련한 설렘이었으나
네 진심이 더해질수록 열기는 더해가네
가끔은 타닥 소리 내며 다투기도 했지만
그 순간마저 우리 사랑을 더 단단히 만들었지

불빛 아래 너의 그림자가 춤을 추고
나는 그 앞에서 녹아내리는 꿀처럼 달콤해져
장작불이 재가 되어도 온기는 오래 남듯
우리 사랑은 추억의 잔불이 되어 영원하리

사랑은 장작불처럼 타올라
꺼지지 않을 붉은 심장처럼
서로에게 기대어 밤을 지새우는 따뜻한 이야기
활활 타올라 세상을 밝히네
우리만의 비밀스러운 불꽃처럼

걱정 말아요, 나의 그대
이 불이 영원히 타오르도록
나는 언제나 가장 곁에서
따스한 숨결을 불어 넣어 줄 테니

눈이 내려도 그리움이 더해간다

하얀 눈이 내립니다
창밖을 가득 채우는 고요한 흰빛이
세상의 모든 소리를 덮고
오직 당신에게 닿지 못한 내 그리움만을
귓가에 속삭이는 밤입니다

첫눈이 쌓이는 거리마다
함께 걷던 발자국이 선연하고
코끝 시린 공기 속에 남은
당신의 따스한 숨결이 느껴져
나도 모르게 손을 내밀어봅니다

잡히지 않는 허공이지만
내린 눈송이 하나하나가
당신의 눈물 같아서
녹아 사라질까 조심스레 바라봅니다

어둠 속에 눈 내리는 시간은
그리움의 무게만큼 깊어만 가고
당신이라는 이름 석 자가
차가운 겨울밤을 홀로 밝히는
나만의 등불이 됩니다

눈은 자꾸 쌓여
모든 것을 덮어버리려 하지만
신기하게도 그럴수록
당신을 향한 나의 마음은
더욱 선명하고 뜨겁게 타오릅니다

눈이 그쳐도, 내 마음에 내린
당신의 그림자는 지워지지 않으리

이 겨울,
그리움이라는 흰 눈 속에
사랑이라는 붉은 심장을 숨기고
오늘도 당신을 기다립니다

아직도 눈물이 멈추지 않아

고요한 창밖은 짙은 밤
시계 초침 소리만 나를 괴롭히네
그대가 떠난 날부터 세상은 흑백 사진처럼 멈췄고
난 아직도 그 시간 속에 갇혀 숨 쉬고 있죠

괜찮다고 되뇌어도, 억지로 웃어봐도
가슴에 파인 구멍은 메워지지 않네
숨 막히는 그리움이 또다시 밀려와

아직도 눈물은 멈추지 않아
마르지 않는 강물처럼 흐르고 흘러
내 젖은 마음을 전부 삼키는데
어떻게 잊어야 할까요, 이 아픈 사랑을
그대 이름 부르다 잠든 이 밤

손끝에 닿을 듯 선명한 그대 미소
귓가에 속삭이던 따뜻한 목소리

차갑게 식어버린 이 밤의 냉기처럼
이별은 왜 나에게만 영원히 남았나요

지우려고 노력해도 더 깊이 박혀오는
기억들이 나를 붙잡네요
결국엔 그대뿐이라 눈물로 외쳐요

아직도 눈물은 멈추지 않아
마르지 않는 강물처럼 흐르고 흘러
내 젖은 마음을 전부 삼키는데
어떻게 잊어야 할까요, 이 아픈 사랑을
그대 이름 부르다 잠든 이 밤

차라리 꿈이라면 좋겠어
눈을 뜨면 모든 게 거짓말이길
이 끝없이 흐르는 눈물 속에서
나를 꺼내줄 사람은 이제 없나요

아직도 눈물은 멈추지 않아
멈출 수 없는 운명처럼 흐르고 흘러

영원히 그댈 보내지 못하게 하네
다시 돌아와 줄래요
나를 안아줄래요
이 눈물이 마를 때까지
그대가 올 때까지

아직도 눈물은 멈추지 않아

흔적조차 남김없이 떠나간 너

어둠이 고요하게 흐르는 이 밤
네가 없는 이 공간을 맴돈다
손끝에 닿을 듯 생생했던 그림마저
차가운 바람처럼 흔적조차 없이 사라졌다

그 많던 날들의 소곤거림도
함께 웃고 울었던 추억의 페이지
이젠 잡으려 애쓸수록 부서지는 모래처럼
숨 막히는 슬픔만이 얼굴을 메운다

떠나간 너의 뒷모습은 너무도 무심했고
남겨진 나는 너무도 공허하다

창가에 기대어 혹시나 네 모습이 보일까
희미한 달빛 아래 그림자를 보지만
그것은 그저 나 혼자일 뿐

네가 머물던 자리에는 텅 빈 시간
나는 끝내 잊혀지지 않을 쓸쓸함을 끌어안고
멍하니, 네가 남기지 않은 빈자리를 바라본다

아아, 너는 어쩌면 이리도
흔적조차 남김없이 깨끗이 떠나갔는지

가슴에 박힌 못처럼 아픈 이름 하나만
지독히도 선명하게 남아 괴롭힌다

빛이었다, 내게

어둠이 짙게 깔린 밤
찾기 힘든 영혼의 미로 속에서
길 잃은 아이처럼 헤맬 때
당신은 새벽을 깨우는 아침 햇살처럼
불현듯, 마음의 창문을 두드렸다

차가운 한기는 두꺼운 유리 벽 같아서
숨 쉬는 것조차 아플 때,
너의 존재는 그 벽을 뚫고 온
따뜻한 촛불이 내는 열기였다

너의 목소리는 마른 대지에 내리는 단비처럼
목이 타는 것 같은 갈증을 조용히 적셨다
너의 시선은 나침반 속의 바늘처럼
방향을 명확히 알려주었다

나의 고통은 연못 속 깊은 진흙과 같았으나
너는 그 진흙 속에서 피어난
가장 눈부신 연꽃이었다
너의 사랑은 꺼지지 않는 등대처럼
나의 영원한 이정표이다

이제 나는 다시 어미 품에서 길을 찾는 새처럼
힘찬 날갯짓을 시작한다
그대는 나의 전부였고
아침의 떠오르는 햇빛이자 동시에 등대였다

별빛 향기

초판1쇄 인쇄 2025년 12월 18일
초판1쇄 발행 2025년 12월 18일

지은이 | 김유신

디자인 | 포레스트 미우
펴낸이 | 포레스트 미우
펴낸곳 | 포레스트 웨일
출판등록 | 제2021－000014 호
주소 | 충청남도 아산시 탕정면 용머리길 40 유니콘101 216호
전자우편 | forestmew@naver.com

종이책   979-11-94741-78-7

*포레스트 미우는 포레스트 웨일 출판사의 임프린트입니다

작가님들과 함께 성장하는 출판사
포레스트 미우입니다.
작가님들의 소중한 원고를 받고 있습니다.
forestwhalepublish@naver.com